U0578212

おちくぼものがたり

落洼物语

［日］佚名 著

丰子恺 译

北方联合出版传媒(集团)股份有限公司

万卷出版有限责任公司

卷 一

从前有一位中纳言，名叫源忠赖。他家中有许多美貌的女儿。长女和次女，已经招进很漂亮的女婿，分别居住在东西两厢屋里。三女和四女年方及笄，娇养在身边。

此外还有一个女儿，是从前同中纳言常常有来往的一个王族血统的女子所生。这女儿的母亲早已死了。

忠赖的夫人，不知怎的，对这女儿比自己的女仆还看不起，叫她住在大厅会客室旁边一个像低落的洼地似的小房间里。

对于这女儿，当然不许像对别的女儿那样称"小姐""女公子"。然而像女仆一样直呼其名，则看她父亲面上，毕竟也不好意思。夫人就命令家中的人，称她为"落洼姑娘"。于是无论哪个，都称她为落洼姑娘。

她的父亲中纳言，对于这个女儿，也从小就感情淡薄，一向漠不关心。因此夫人更加看她不起，对她的不合情理的待遇，实在很多。

这姑娘没有靠山，连乳母也没有，只有她母亲生前使唤的一个很能干的少女，名叫"辅助"的，现在还在服侍她。二人情投意合，相依为命。

落洼姑娘的相貌非常美丽，比较起她继母所钟爱的几个女儿来，有胜之而无不及。然而因为被看不起，所以没有一个人知道她的存在。

落洼渐渐懂得人情世故，想起人世之无常和己身之不幸，随口吟出这样一首悲歌：

　　　　忧患日增心郁结，

　　　　人间何处可容身。

显然，她已尝到人世间辛酸的滋味了。

她非常聪明，学习弹琴，进步极快，不需要人指导。这是她五六岁以前母亲在世时教她的。她弹筝非常擅长。夫人的亲生子三郎君，年方十岁，喜爱弹筝。夫人对落洼姑娘说："你教教这孩子吧。"她遵命常常教他。

落洼姑娘很空闲，便学习裁缝，学得非常精巧。夫人对她说："你倒很有能耐。相貌不好的人，做点老老实实的生活，原是好的。"便把两个女婿的衣服都叫她裁缝，使她一点空闲也没有，几乎晚上不得睡觉。做得稍慢一点，夫人就责骂她："叫你做这一点点活计，你就厌烦。活在世间做什么呢？"落洼只得偷偷地流泪，她不想活在这世间了。

三小姐及笄之后，不久就和一个藏人少将结婚，排场十分体面。家庭里人口多了，落洼的工作也多起来，她愈加辛苦了。

在这人家当差的人，大都是年轻爱漂亮的人，肯老老实实地做工作的人极少。粗细活计，都推给落洼。她含泪缝纫，信口吟诗：

愿奴早日离尘世，
忧患羁身不自由。

辅助生得相貌漂亮。夫人硬把她派给三小姐使唤。辅助很不愿意，和落洼姑娘分别时，哭着说道："我只想待在你身边，他们要替我配亲，我都不去。怎么叫我去为仇人服役呢？"

落洼对她说道："有什么呢？总是住在同一个家庭里，这边那边都是一样的。你的衣服也都破旧了，今后可以换些新的。我倒反而高兴呢。"

辅助觉得这主人的心地如此温良周谨，实在令人感佩。设想她今后一人独处，何等孤寂。只因辅助长期无所顾忌地和落洼融洽相处，便引起了夫人的妒恨。她常常骂道："那个落洼姑娘还在称她为辅助呢！"因此两人不敢随意谈笑。

当了三小姐的女仆之后，"辅助"这个名字不相宜了，便给她改名为"阿漕"。

且说三小姐的夫婿藏人少将有一个跟班,名叫"小带刀",是个聪明伶俐的小伙子。他看中了这个阿漕。情书往来了好久,两人终于做了夫妻。

夫妻两人无话不谈。有一次阿漕告诉小带刀,夫人是个不通道理的人,常常虐待落洼姑娘;又说落洼姑娘性情多么温良,相貌多么漂亮。说时阿漕流下泪来。

小带刀心直口快,断然地说道:"这样吧,让我叫那个人去把她偷了来,请她过幸福的生活吧。"

原来小带刀的母亲,是左近卫大将的儿子左近卫少将道赖的乳母。这位贵公子尚未娶妻。他常常向小带刀探问这家那家贵族姑娘的情况。有一次,小带刀对他说起落洼姑娘。这位少将便记在心头,乘着左右无人的时候,详细地向他探问落洼姑娘的情况。

少将说:"可怜啊!她心里多么痛苦,到底是王族血统的人呀!让我悄悄地和她会会面吧。"

小带刀说:"在目前,这想法恐怕是不行的。且让我慢慢想办法吧。"

少将说:"无论如何,你要引导我到这位姑娘的房间里去。她住在偏僻的地方,我去访,不会有人知道的。"

小带刀把这事情告诉了阿漕。阿漕说:"这种事情,目前想也不必想它。况且,我听说这位公子非常好色,怎么能够去说合呢?"她决不答应。小带刀怨她毫无夫妻之情,于是她说:"那么,且等适当机会吧。"

依恋旧主人的阿漕,把落洼姑娘的房间隔壁的两间厢房,作为自己的住所。可和姑娘的房间相并,她又觉得不敢当,所以选取这地段稍低的两间,作为夫妇的寝室。

记得是八月初一日,落洼姑娘独眠在房间里,自言自语地吟道:

> 慈亲若肯垂怜我,
> 速请来迎赴九泉。

这是信口低吟,聊以遣怀而已。

次日早晨,阿漕和落洼姑娘谈话,便中对她说道:"带刀对我说起这样的一件事……小姐看怎么办?我想你总不能这样地度过一生吧。"她终于开了口。但落洼姑娘不答,阿漕也不能再说下去。此时外面在叫:"给三小姐打洗脸水呀!"阿漕立刻起身出去了。

落洼姑娘呢,实在想不出怎样才好。没有母亲,此身肯定是不幸的了。她真心地想寻死。然而又想,出家为尼,怎么样呢?但怎样能够离开这个家呢?还不如死了干净。

带刀来到大将府中,少将便问他:"那件事怎么样?"带刀就把情况告诉他:"还没有眉目呢。定亲这种事情,要有父母做主才行。但是那家的老大人完全受夫人操纵，所以我们无从着手。"

少将说："所以我早就说过，叫你领我到她房间里去呀！做这人家的女婿，我也觉得没面子。如果我看了这姑娘觉得可爱，就把她迎接到我家来；如果不中意，只要说我并没有去，这是世人谣言，就没事了。"

带刀说："这事情，先要征求女方的意见，才好定夺呢。"

少将说："你这话没有道理，必须先看了人再说。不看到人是不能决定的。你办事要忠实，不能突然扔下不管啊！"

带刀苦笑着说："什么突然扔下不管，太看我不起了。"说得少将也笑起来，说："我准备长久用你的，这话说错了。"便拿出一封情书来交给他："把这信送去。"

带刀勉勉强强地接了情书，回去交给阿漕。阿漕说："啊呀，讨厌！怎么办呢？这种无聊的事情她是不要听的呀！"带刀反对她，说道："不会的，你必须取得回音才好。因为这绝不是对她不利的事情呀！"

阿漕接了情书，走到落洼姑娘那里，对她说道："这个……这是以前说起的那个人的来信。"

落洼说："为什么干这种事情？母亲知道了，是不会许可的。"阿漕强调地说："以前几曾说过这种事情？对于夫人他们，你是不必顾虑的呀！"落洼姑娘不答。

阿漕点起纸烛来，把信读给她听，写着的只是两句诗：

闻道芳名心便醉，

未曾相见已相怜。

　　阿漕自言自语地说："啊，写得真漂亮！"落洼姑娘一点反应也没有，把信卷起，塞在梳头箱子里了。阿漕只得离去。

　　带刀在那里等候阿漕，见她来了，便问："怎么样？小姐看了吗？"阿漕说："没有，也没有回信，她把信搁起来了。"带刀说："无论怎样，总比现在快活得多。况且，对我们两人也是有利的。"阿漕答道："只要对前途有信心，这里自会有好的回音。"

　　有一天早上，落洼的父亲走出客堂去，顺便向落洼的房间里张望一下，但见这姑娘身穿破旧的衣裳，乌黑的头发美丽地披在肩上，实在非常可怜。便站定了，对她说道："你的衣服为什么弄得这般模样！你娘虽然可怜你，但是别的孩子的事情太多，顾不到你。如果你需要什么，只管向她请求，不必顾忌。这样的生活是很可怜的。"这虽然是生身父亲，但落洼姑娘也觉得难为情，一句话也不回答。

　　父亲离开了她，径直走去对他的夫人说："我刚才到落洼那里看过，看见她在这寒天只穿着一件破旧的夹衫，大概是别的孩子穿旧了的吧？应该给她些衣服。这几天夜里很冷呢。"

　　夫人答道："啊呀！常常给她衣服的。难道没有了或是穿破了？还没有多久呢。"

父亲叹口气说："唉！这讨厌的东西。早年死了娘，弄得不像个人了。"

夫人拿了女婿少将的一条裤裙去叫落洼缝，神气活现地对她说道："这活计必须做得比平常更加讲究。如果做得好，赏赐你一件衣服。"落洼姑娘听了，觉得悲伤不堪。

不久，裤裙缝好了。夫人很满意，拿一件自己穿旧了的绸棉袄给了她。

晚秋时节，寒风凄厉。落洼姑娘穿着薄薄的夹衫，感到有点凉意。如今得到赏赐，心中很高兴。大概是因为她遭逢重大的不幸，意志消沉了的缘故吧。

这位女婿少将，一向多嘴多舌，但他的优点是喜欢夸奖。他看到这件裤裙，便极口称赞道："这件衣服非常出色，缝得真好啊！"

侍女们把这话告诉了夫人。夫人说："静些儿吧。这话不可以给落洼听见。防她骄傲起来。因为这种人，必须常常威吓她，才能使她有顾忌，可以给人派用场。"

侍女中有好些人私下同情落洼，她们说："这真是太残酷了！这么可爱的姑娘！"

且说左近卫的少将，既已一度求爱，便写第二封情书给落洼姑娘，写的是一首诗：

芒穗花开深有韵，

心心盼待好风吹。

信封上插着一枝芒花。但是得不到回音。

一个冷雨霏霏的日子，他又写一封信，前面先写一段文字，意思是说：你这位小姐，和我以前所传闻的不同，是一个没有人情的人。后面附一首恋歌：

秋雨连绵云暗淡，

消沉好比恋人心。

落洼姑娘还是不给回信。少将再写一首恋歌送去：

情人虽似天河远，

不踏云桥誓不休。

如此寄送情书，虽非每日，却是不断。但落洼姑娘一个字也不回复。

少将把带刀唤来，对他说道："我这几天心绪不好，写这许多情书，也是不习惯的。大概那人连应酬的回信也不会写吧。你说她是一个很聪明的女子，怎么连简短的回信也不给我呢？"

带刀说："哪里，我不会说这话。只是那位夫人，性情非常凶恶。凡是她所不许可的事，如果你稍稍染指，她就不放过你。我推想，近几天小姐大概已经被她吓坏了。"

"就是为此呀！我不是说过，叫你悄悄地带我去吗？"少将狠狠地责骂他。带刀不好拒绝，只得等候适当的机会。

大约十天没有消息。少将又写情书："近来是

几度寄诗音信绝，

怨情多似水中萍。

我想抑制我那消沉的心，不料总是被涌上心来的恋情所驱使，又要向你这个冷酷的人写这封信。被人知道了，我很可耻呢。"他把这封信交给带刀。

带刀把信交给阿漕，哭丧着脸说："这回无论如何要讨回音。主子埋怨我不热心呢。"阿漕说："小姐说还不知道回信怎样写法呢。看她的样子的确为难。怎么可以勉强她呢？"她把信送给落洼姑娘。但这时候，二小姐的丈夫右中将要落洼姑娘替他缝一件袍子，非常急迫，落洼姑娘很忙，又不写回信。

少将想，落洼竟是个完全无情的女子吗？他很失望。但他曾听说这女子性情很沉着。这种谨慎小心的习气，反而称少将的心。因此他不管过去的失败，只管接二连三地催促带刀。

无奈这家庭很复杂，出入人多，带刀不易找得适当的机会。他正在用尽心计的时候，忽然听说中纳言大人为了还愿，要到

石山寺去进香。

大家都希望跟去。连那些老太婆，也以不能同行为耻。但落洼姑娘是轮不着参加的。有一个叫作弁的侍女，看她可怜，对夫人说："也带落洼姑娘去吧。年纪轻轻，独自住在家里，怪可怜的。"

但夫人说："那个东西吗？她何曾出门过？况且路上又没有要裁缝的东西。游玩等事，不要让她知道，关她在这里好了。"她完全不答应。

阿漕是三小姐的侍女，打扮得很漂亮，准备同去。但她想起了自己的主人落洼姑娘一个人留在家里，心里很难过，便对夫人说："我忽然月经来了。"想以此为借口，留在家里。

夫人怒气冲冲地说："哼哼！恐怕不是吧。你是因为落洼姑娘一个人留在这里，你可怜她，所以说这话吧。"

阿漕说："实在是不凑巧，我很懊恼呢！如果身体不洁净是不要紧的，那么就请带我去吧。这样快乐的旅行，哪有人不愿去的呢！老婆子们都要跟去哪。"

夫人信以为真，便叫另一个婢女梳妆打扮，跟三小姐去，而让阿漕留下来。

大群人马出门以后，屋里肃静无声。阿漕便和寂寞无聊的落洼姑娘亲密地谈起话来。此时带刀在外面叫她："听说你不跟他们同去。如果真的，我们现在就走吧。"阿漕回答说："小姐留在这里，心绪不好，我怎么能走呢？少将在那里厌烦了，你去慰问他吧。前回说起的画册，你就带了来！"便给他一封信。

少将的妹妹，已经入宫当了女御的，有许多图画。带刀曾经说过，如果少将和落洼姑娘通了，他就去拿图画来给落洼姑娘看。

带刀立刻拿了这信去给少将看。少将看了信，说："这是你妻子的手笔吗？写得很出色呢。机会很好，我就去，你去叫她们做准备吧。"

带刀说："那么，请给我一卷图画。"少将说："不行，预先讲好的，等事情成功了才给图画呢。"带刀答道："现在正是好时机了。"

少将笑着，走进自己的房间里，用手指蘸了些墨，在一张白纸上画一个小嘴巴的男子，在上面写道："你爱图画，只是

> 恨汝无情心戚戚，
>
> 愁颜不似画中人。"

叫带刀把这信带给落洼姑娘。

带刀便去找他的母亲，即少将的乳母，对她说道："快给我准备一包美味的果物，我马上来拿。"说过之后就出去。

带刀把阿漕叫出来。阿漕急忙问道："图画呢？怎么样了？"带刀说："这便是。把这封信交给小姐，便知道了。"阿漕说："又是撒谎吧。"便接了信。

落洼姑娘正在纳闷，读了这封情书，问道："为什么这里说有图画呢？"阿漕答道："是我写信把这事告诉带刀，大概这信被少将看到了吧。"

落洼姑娘说："真讨厌啊！我心中的事似乎被人看透了。像我这种不能见世面的人，最好是什么都不懂。"她今天特别不高兴。

带刀叫阿漕，阿漕就出去。带刀出其不意地问道："留着看家的，有哪些人？"问明之后，便走进去找这些人，对他们说："你们很寂寞吧。这袋里的果物，拿些来吃吧。"叫一个人去告诉大家："无论何人都可以吃。"便把整整两袋果子都送给他们。

一只大袋里，盛着各种果物，各种糕饼，红白相间。白纸隔开的地方，盛些烤饭团。又写一张字放在里头："这些东西，在我家里，也是奇异的不足取的食物。住在这府里的诸君，不屑吃这种东西吧。这些烤饭团，可以送给那个名叫露的粗工。"他知道他们都寂寞，所以装出精神勃勃的样子给他们看。

阿漕看了，皱着眉头说道："呀！好古怪！这些烤饭团和果子是什么意思呢？这是你玩弄的花样吗？"

带刀笑着说："我不知道。我怎么会弄这种不三不四的花样！喏，是我母亲瞎讨好呀。露！把这个拿去吧。"就把那些食物交给他了。夫妻两人就同平日一样互相谈谈各人的主人的性情。带刀独自想道：今夜天下雨，少将大概不会出门的吧。便放心地就寝了。

此时无所顾忌，落洼小姐便独坐弹筝，音调优美可爱。带刀听了很感动，说道："小姐原来有这样高明的一手！"阿漕说："是呀！这是她已故的母亲教她的。小姐六岁上就学会了。"

此时少将悄悄地来了。先派一个人来叫带刀："有话要说，请你出来一下。"带刀立刻会意了。他想不到少将果真会来，心中惶惑不安，在里面答道："我马上来了！"便走出房间去。阿漕走到小姐那里去了。

带刀对少将说："要来，总得先打个招呼。这样突然地来了……况且，对方心里怎么样，也不大明白，真是困难了。"

少将不管，说道："何必这样认真！"轻轻地拍拍带刀的肩膀。带刀苦笑着说："没有办法了，请下车吧。"便领导他一同进门去。少将打发车子回去。吩咐车夫，明天天没亮的时候来接。

带刀暂时站在自家房门口，和少将说话，把安排告诉了他。这时候家中人很少，可以安心行事。少将说："让我偷偷地看看小姐。"带刀说："也许您看不上眼。如果像旧小说中的女主人公物忌姑娘那样难看，怎么办呢？"少将笑道："那时候，没有戴草笠，就用衣袖盖住了头逃走吧。正像那小说中所描写的一样。"

带刀引导少将走进落洼房间的围墙和格子窗中间。自己暂时站在帘子前面看守，防有留在家里的人看见。

少将向房间里一张望，但见室内点着一盏幽暗的灯，连帘子和屏风也没有，可以看得很清楚。面孔向着这边坐着的，大概是阿漕吧。她的头发很美丽，白色的单衣上罩着一件有光泽的红单衫。在她前面，靠在柱上的，大约便是小姐了。她穿一件白色的旧衣服，上面罩着一件红色的棉衣，长过腰下。她的脸稍稍侧过去，看不清楚。头的轮廓和发的形状，都是美不可言。他正在张望的时候，灯火熄灭了。

少将觉得失望。但是心底里涌起强烈的感觉：现在这姑娘一定要变成我的人了。

但听得这姑娘说："呀！暗得很。你的丈夫独自在房中，你早点回去吧。"这声音非常娇嫩。阿漕答道："刚才有客人来，他出去会客了。我就住在您身边吧。这样寂寞无聊，您一个人害怕吧。"落洼姑娘笑道："不会害怕的，我早已习惯了。"

少将从格子窗边走出来，带刀迎面就说："怎么样？要回去吗？要我送您回去吗？那顶草笠呢？"少将笑道："你被你那个标致的老婆迷了魂，却来拆败我的事情！"

少将心中想：小姐穿的衣服很破旧，也许看见了我怕难为情？但他已决心同她相会，便对带刀说："你快喊你那个人出来早点去睡觉吧！"

带刀回到自己房里，高声呼唤阿漕。阿漕回答说："我不来了，今晚要在这里陪伴小姐。你早些到值班室里或别处去睡觉吧。"

带刀又叫："刚才那个客人，有话要我转告你。你出来一下子吧！"阿漕说："到底有什么事呀？不要这样噜苏！"便开门出来了。

带刀一把抓住了她，对她说道："刚才的客人对我说，晚上下雨，一个人睡觉是不好的，来吧！"便拉着她走。阿漕笑道："你瞧！什么事情也没有呀！"争执了一会儿，带刀终于硬把她拉进房去，两人静悄悄地睡觉了。

落洼姑娘独自不能成眠，坐着弹筝，信口吟道：

> 尘世茫茫皆可厌，
> 深山洞里觅安居。

此时少将把格子门上的木片巧妙地旋开，钻进房间里。落洼姑娘吓了一跳，站起身来，被他一把抓住不放。

拉开格子门的声音，被陪着带刀睡在隔壁房间里的阿漕听到了。她不知道是什么事情，想走出去看看，却被带刀抱住，起身不得。阿漕说："你干什么？隔壁的格子门响，让我去看看就来，放我吧！"

带刀说："是那只狗吧。或者是老鼠吧。没有什么事，不要大惊小怪。"他不放她走。阿漕说："这是怎么一回事啊！你好像是有什么心事，所以说这种话。"带刀说："我并没有什么心事，睡觉吧！"他紧紧地抱着她躺下了。

阿漕挣扎着说："啊呀！这算什么呢？讨厌！"她挂念小姐，

心中焦灼得很，然而动弹不得。带刀紧紧抱住她，女人气力小，无可如何。

这一边，少将拉住落洼姑娘，脱下了自己的衣服，抱着她睡了。落洼姑娘异常惊诧，浑身发抖，只是嘤嘤啜泣。少将对她说："我知道你嫌这世间苦辛，特来替你找一处不闻尘世忧患的安静的山洞似的住家。"

落洼姑娘想，这是谁呢？想是那位少将了。她就想起自己的服装粗陋，尤其是裙子很龌龊，恨不得就此死去，只管吞声哭泣。少将看到她那身世飘零的模样，也觉得不胜伤心，便默默无言地睡觉了。

阿漕睡的地方很近，隐隐地听到落洼姑娘啜泣的声音。她猛然想起："大概是那位少将偷偷地进去了！"她慌慌张张地想爬起来，却被带刀按住，起身不得，便骂道："你把我拖住在这里，不知道小姐怎么样了。我通宵不安呢。你这种人，真是全无人情的！"她用力想摆脱带刀抱住她的手而爬起身来。带刀却笑着对她说："我并不知道有什么事情。样样事情都要问我，我哪里吃得消？你想想看吧，现在小姐房间里，大概有强盗走进去了，有一个男人走进去了。如果这样，你现在进去，怎么办呢？"阿漕说："不！怎么可以只当不知呢？这男人是谁？你说出来吧！啊呀！罪过啊！小姐不知怎么样了！"她号啕大哭起来。

带刀笑着说："算什么呢？像小孩子一样！"阿漕生气了，

认真地说道："我嫁了你这个薄情人，真是……"带刀说："老实告诉你，是少将来看望她。就是这么一回事。你静悄悄，好吗？这也是前世因缘，是没有办法的。"阿漕说："这件事我一点也不知道。小姐总以为我们夫妻两人串通的，我真冤枉了！我为什么今晚离开了她呢？要是睡在她身边，就好了。"她还是生气。带刀说："不会的！小姐一定知道你是不相干的。你不必这样生气。"他使她没有动怒的余地，抱着她睡了。

少将对小姐说："你这样地不肯对我说真心话，是什么道理呢？我想，我虽然是个微不足道的人，但也不至于应受这样的苦痛。我屡次送上的信，没有得到一个字的回复。我想这恋爱是失败了，今后不再写信。然而每次送出了信，便觉得恋慕之情充满全身，终于不管你讨厌我，定要来和你相会，这真是前世的宿缘。这样一想便觉得你的冷酷反而是可喜的了。"

少将抱着她躺着，一面向她如此分说。小姐觉得羞耻得要死。她单衣也没有穿，只穿一条裙子，几乎是赤身露体，想起了难以为情，眼泪和冷汗一齐流出。少将也体会她这种心情，觉得可怜又很可爱，百般地安慰她，但落洼没有回答的勇气。她羞耻之极，心中怨恨从中拉拢的阿漕。

她好容易度过了悲痛的一夜，东方发白，鸡声啼出了。少将枕上吟诗道：

怜卿通夜吞声泣，

听到鸡啼恨转深。

又说："你总要答复我。我不听到你的声音是不安心的。"
落洼用若有若无的声音答道：

我心忧恨诚如此，
除却长啼一语无。

她的声音娇嫩可爱。以前少将以为她是一个浅薄的女子，
现在了解她的真心了。

外面有叫声："车子到了！"

带刀对阿漕说："你到那边去通报一声。"阿漕说："昨夜只
当作不知，今朝去通报，小姐总以为我是完全知情的。你这个
坏蛋，做出这种事情来，叫小姐厌恶我……"她那种怨恨的神
气，竟像一个小孩子。

带刀便同她说笑："不要紧的。小姐厌恶你，我疼爱你嘛。"
带刀就自己走到落洼的格子门边，咳嗽几声。少将就起身了。
他把被头拉过去盖在落洼身上，但见她单衫也不穿，怎禁得早
寒。便把自己的单衣脱下来，盖在她身上，走了出去。落洼此
时羞耻得很，觉得无地自容。

阿漕觉得非常为难。但是关起门来坐在房里，又不好意思，
便走进小姐房中去，但见小姐还睡着。她正在考虑，对小姐怎

么说法呢？这时候带刀的信和少将的信一同送到了。

带刀的信上写道："昨晚通夜身体失却知觉，受尽痛苦，实在迷惑之至。我对你毫无疏略之处。昨天白天也被你怒目而视，以后如何不得而知了。思想起来，你真是一个可怕的人。小姐被人冒犯了，你埋怨我，说我是个坏蛋。这样冤枉我，我实在迷惑不解。现在送上少将的一封情书，希望得到回信。在现今的世间，这种事情算得什么呢？用不到发愁的。"

阿漕把少将的情书送给小姐，对她说道："这里有一封信。昨夜我无心无思地睡着，不知不觉地天亮了。现在我无论怎样分说，小姐总以为我是辩解。但这也是难怪的。那种事情，如果我有丝毫知道，我真是……"

她这话是要表明自身的洁白。但小姐不回答，看她的样子还不想起身。阿漕觉得悲痛，又说："唉，小姐还是以为我是知情而干这件事的。唉，罪过！我长年服侍你，怎么会干这种没良心的事呢？我只是为了小姐一人在家寂寞，所以连那快乐的旅行也不参加。谁知完全没用，小姐不要听我的话，对我绝不理睬。照这样子，我不能再住在你身边，还是让我走了吧。"说罢哭起来。

落洼姑娘听了这话，觉得阿漕确是一片苦心，很是可怜。便开口说道："不，我不以为你是知情的。只是突如其来，让人难受。况且我的服装褴褛，被人看到，实在太难堪了。如果已故的母亲还在世，我绝不会遭逢这种忧患。"说罢也哭了。

阿漕说："的确是这样。从来继母总是厉害好，但是这里那位夫人的心，实在与众不同。少将也是早已知道的。所以他一定能够体会你的心情。只要少将的心不变，真是多么可喜的事啊！"

落洼说："这种希望，我想也不敢想。像我这样姿态丑陋的人，难道会有人看见了爱上我吗？况且这种消息传布出去，家法森严的母亲知道了，怎么说呢？她曾经说过，替别人做了活，不许住在这家庭里呢。"她说着不胜恐怖。

阿漕说："所以，索性走出这家庭就好了。这样地受尽折磨，何苦来呢！人生在世，幸福也许会轮到身上。小姐的命运不会永远是这样的。况且，对方请你这样维持一下，他是会永远思念你，这是很清楚的！"她说得头头是道。

时间过得久了，使者催促回信。阿漕对小姐说："快快看信，现在无论怎么样考虑，也是没有用的了。"她安慰她，便把少将的信展开来给她看。小姐低着头看，但见只有一首诗：

底事与卿相见后，
恋情反比昔时增。

但是小姐心绪不佳，没有写回信。

阿漕写回信给她的丈夫带刀："啊呀！真讨厌啊！这算什么呢？昨夜的事情，真是太无法无天，太不应该、太没良心的行为了！自今以后，我什么都不相信你了。小姐实在心绪不好，现在还睡着。因此送来的信，还没有读过。看她的样子，真是懊恼得很……"

带刀把种种情况报告少将。少将以为小姐对他并非那么不快。只因她的服装太简陋，所以看见他的时候难以为情，直到他离去后还是快快不快。他很可怜她。

昼间，少将写第二封情书："你还没有对我开诚解怀地讲真心话，不知怎的，我怜爱你的心越发热烈了。正是：

不肯开诚无一语，
我心反觉恋情增。

我自己也不知道是什么缘故。"

带刀的信很简短："到了此刻，不写回信是不成样子了。事已如此，只有专心一致地相思相念。主子的爱情永远不变，是看得出的，而且他也亲口说过了。"

阿漕劝小姐，必须写封回信。但小姐回想，昨夜少将看到了她的模样，不知作何感想。她深感羞耻，难以为情，实在没有勇气写回信。便盖着被头睡觉了。

阿漕也没得话说，便写一封信："来信小姐已经看过了。但是因为非常苦闷，实在不能写回信。而且，所言来日方长，她也不能相信。她以为不久一定会变心的。少将的样子不很可靠，是你在表面上替他说得好听的吧。"

带刀把这信送给少将，少将看了笑道："啊呀！阿漕这个人，真是个聪明伶俐、能言善辩的女子啊！大概是因为小姐非常怕羞，所以她要给她争点面子吧。"

且说阿漕另外没有可以商量的人，只能独自一人想这样想那样，坐立不安。她在小姐房间里打扫灰尘，看见屏风、帷帘都没有，全无一点室内装饰，实在毫无办法。小姐本人呢，一切不顾地躺着。她想替她整理坐具，扶她起来，但见她的神情非常苦闷，眼角上淌着泪。阿漕很可怜她，对她说道："小姐，我替你梳头吧。"像哄小孩一样安慰她。但小姐回答说："我难过得很。"依旧躺在那里。

这位小姐原有少量随身应用的器具，都是已故的母亲的遗物。其中有一面镜子，是很漂亮的。阿漕想，如果连这点也没有，那是太不成样子。便把它仔细揩拭一番，陈列在小姐枕边。

这样地做粗工、做细工，忙忙碌碌地过了一天。已经是少将就要来到的时候了。阿漕对小姐说："实在委屈了你！这条裙子还没有十分旧。少将就要来了。你就穿上了这个……真是倒霉。"就把她自己的一条裙子悄悄地送给小姐，这是一条非常美丽的、值班时穿的裙子，只不过穿过两次。她又说："这种事情，实在太荒唐了。但是谁也不知道的，请穿了吧。"小姐觉得难以为情。但是今夜再像昨夜那样会见少将，实在太不成样，便怀着感谢之情穿了这裙子。阿漕又说："熏香呢，最近三小姐庆祝梳头时我讨了些来，真是一点点，现在就用了吧。"便把准备好的衣服加以熏香。

此外，至少小型的三尺的长帷帘，是不可少的。然而无法办到。向谁借呢？尤其是被褥太薄，太粗陋，也得想办法。便写一封信给小姐的姨母。这姨母的丈夫本来是在宫中当差的，现在改任地方官，做了和泉守。

阿漕的信上写道："因为急需，不得不向尊处请求。实因有一个客气的朋友，为了避开太白神所在的方向，要到我们这房间里来住一下。这样，必须有个帷帘。还有被褥，对这样的客人，太难看的拿不出来。真是对不起了，如果有相当的东西，即请借用一下。屡次打扰，实在很不应该。但因急需，顾不得了。"她匆匆写好，就派人送去。

姨母的回信说："久不通问，时深怀念。直到今日才得消息，不胜喜慰。这几件粗陋的用品，都是我为自己置备的。这样的东西，恐怕你们那里很多吧。帷帘一并送上。"送来的东西中，还附有一件紫菀色的棉衣，即表面淡紫色、里面青色的。

阿漕的高兴不可言喻。她把种种东西取出来给小姐看。把帷帘的带子解开，张挂起来。这期间少将已经来到了。阿漕引导他到房间里。小姐觉得躺着太没有礼貌，想坐起身来。少将说："你很累吧？不要坐起来。"立刻和她一起躺下了。

今夜和昨天不同了，裙子上熏香扑鼻，衣服焕然一新。小姐心情愉快，少将也安心地躺着。今夜小姐有问必答，少将对她无限怜爱，情话娓娓不倦，不觉天已亮了。

外面有人叫："车子到了！"少将说："稍等一下，看看天有没有下雨？"他还是躺着。阿漕要办些盥洗水和早粥，想去和厨房里工作的一个人商量，然而因为家里的人都出门去了，所以厨房里没有准备早粥。

阿漕便捏造些理由，对他说道："实在是因为带刀的一个朋友，昨夜有事来和他商谈。因为下雨，就在这里宿夜，还没有回去。我想办些早粥请他吃，但没有东西，只得来和你商量。请给我些酒；如果海藻有多余的，也请给我少许。"

那个人说："这的确使你为难。碰到临时发生的事，实在是难于应付的。好，这里倒有少许，是准备家里的人回来时用的。"阿漕顺着说："不错，家里的人一回来，就要办开晕酒的。"她看见对方很和气，便老实不客气地打开瓶子，倒了些酒。那人说："不要倒光，留一点吧。"阿漕应着："知道，知道。"又用纸包了些海藻，藏在一只小炭篓里，拿回自己房间里去。

她呼唤那个名叫露的工人："你给我好好地煮些粥，煮好了马上送来。"自己就出去找干净的食桌。

她想送盥洗水，需用大脸盆，家里没有这东西。好，就把三小姐的暂时借用一下吧。她准备送进去给少将，便把卷起的头发放下来，把衣服整理了一下。

小姐非常苦闷地躺着。阿漕装扮得很漂亮，穿着礼装，束着宽带，身长约三尺，一头黑发，袅袅婷婷地走到少将面前去。

带刀出神地目送着她。

阿漕从房间面前走过时，自言自语地说："这格子窗让它这样关着吗？"少将想仔细看看小姐的模样，说道："小姐说很暗，打开了吧。"阿漕就上前一步，把格子窗打开了。

少将起身，穿好衣服，问道："车子来了吗？"外面答道："停在门前了。"他想回去，但见非常讲究的早饭端出来了。盥洗器具也送来了。少将觉得很奇怪：他听说这里万事不周，不料样样俱全。小姐也想不到设备会如此周到，颇感诧异。

天上降些小雨，幸而四周肃静无人。少将想出去了，向小姐看看。但见在早晨的天光之下，容颜无限美丽，他对她的爱情愈加深厚了。少将回去之后，小姐略吃些粥，又躺下了。

今夜是结婚第三日，应该做庆祝的饼给新郎新娘吃。但是别无可商量的人，阿漕就再写信给那位和泉守家的姨母："最近承蒙赐借种种物品，实甚感激，应该郑重道谢。今天又有事相烦：因有特别用处，需要些饼。此外若有果物，亦请惠赐若干。实因这位客人为了避开方向，本来说是住一两天，岂知要延长四五十天。因此上次拜借诸物品，眼下还不能奉还。还想另借一只精小的脸盆。絮索太多，很对不起。念在至亲，还请原谅。……"

少将送来情书，是一首诗：

　　一自分携后，相思刻刻增。

愿同明镜里，形影不离分。

落洼今天第一次给他回信，也是一首诗：

镜里容颜好，分明是我身。
岂知空照影，相对诉悲情。

她的笔迹非常秀美。少将看了喜形于色，爱情更增。

姨母有回信送给阿漕。信中写道："你是我已故的姐姐的后身，我想起常觉恋恋。我没有女儿，我常想迎接你到这里来，就做我的女儿，使你一生安乐。但是你不能来，我常引以为恨。所需要各物，一概送给你。以后如有缺乏，随时告我。脸盆也送给你。做官人家，连这种东西也没有，真是笑话，你为什么不早说呢？女子家不讲究妆饰，是难看的。不知你为什么这样。要饼，毫无困难，现在立刻做给你。那些器具和饼，大概是结婚第三日庆祝用的吧？不论如何，总想和你见一次面。实在很想念你。你无论要什么，只管对我说。我家领地里的收入，在现今总算是丰富的。所以无论何物都可供应。"

这封信里的话非常诚恳，阿漕看了高兴得不得了，拿给小姐看。小姐看了说："为什么托她做饼呢？"阿漕笑嘻嘻地说："这是有个道理的。"

不久，姨母那里送来了上等的饭桌和脸盆等物，都是形式很好看的。另有一只袋，装着白米。还有果物、干鱼等食物，都用纸包好，端端正正地装着。今夜是少将来到的第三夜。所以必须尽量布置得体面，请他吃庆祝的饼。阿漕从袋中取出各物，分别安排。

天色渐暮。小雨已经停止，忽然又下起来，竟变成倾盆大雨。这样的天气，姨母那里的饼不会送来了吧？正在焦虑，但见一个男仆撑着一顶大伞，送来一只木箱，里面装着饼。阿漕高兴得不得了。打开箱子盖，但见草饼两种，制成小型，色彩也有种种，不知花多少时间做起来的。附有一张字条，上面写道："你有急用，我匆促地做起来，恐怕很不合意吧，非常抱歉。"因为大雨，使者急欲回去。阿漕一时拿不出肴馔，光请他喝些酒，让他回去了。匆匆附一纸回信："感谢之意，不能尽述。"表示无限的喜慰。一切皆已准备停当，阿漕又高兴得不得了。她连忙拿些饼盛在盒子盖里，送给小姐吃。

傍晚，天色渐暗，雨恶作剧地大了起来，也不能出去了。少将对带刀说："可惜，今晚恐怕不能到那边去了，这样大的雨。"带刀说："现在刚开始往来，还没有几天，不去是不好意思的。不过碰得不巧，这样大的雨，不去也不能说是我们的怠慢，所以没有办法。只得写封信，说明这情况。"他的脸上露出对不起对方的神色。

少将说："好的。"便写信："本当立刻前来，无奈时机不巧，无可奈何。丝毫没有怠慢之心，请勿见怪为幸。"

带刀也写一封信给阿漕："我就想回来。我们主人也就想出门。怎奈如此大雨，只好在这里愁叹。"立刻派人将信送去。

阿漕看了信，想道：这样，一切都变成泡影，可惜之极，便写一封回信给带刀："啊呀，古诗中不是说过：'不惜衣裳湿，冒雨来相会'吗？何等薄情啊！既然如此，无话可说了。大概，当初是你骗他来的。你犯了这等错误，现在就不负责了？古诗中说：'今宵竟不来，更欲待何时。'世间真有这事情。不来也罢，很好很好！"这封信写得淋漓尽致。

小姐的回信，只是一首诗：

> 身世不逢辰，忧思殊难释。
>
> 为恨薄情人，今宵袖尽湿。

两封回信送到时，已是黄昏戌时了。

少将在灯光之下看了小姐的诗，觉得非常可怜。又看了给带刀的信，说道："她说了许多抱怨的话呢。今天是结婚第三天的晚上。开头就如此，是不吉利的吧。"他觉得非常可怜。但雨势越来越大。没有办法，两手托着面颊，靠在桌上出神。

带刀叹了几口大气，想走开去了。少将唤他回来，对他说道："且慢，你准备怎么样？想到那边去吗？"带刀说："我准备去，至少去讲几句安慰的话吧。"少将说："那么，我也去。"带刀很高兴，说道："啊呀！那是好极了！"少将说："去找一把大伞来。现在准备湿透衣裳了。"说罢就走进内室去。带刀出去找伞了。

阿漕做梦也想不到少将会来，正在悲叹他的无情。她愤愤不平地骂道："唉，从来没有这样讨厌的，这大雨！"小姐安慰动怒的阿漕："为什么讲这些话！"她也觉得可耻，没精打采地说。阿漕又咒道："即使要下雨，像普通那样下雨，也够了，哪有这样讨厌的大雨！"

"我身如泪淋，雨势忽又增。"小姐凄凉地念着《古今集》里的恋歌，靠在柱上，不再听阿漕讲话。

少将脱去了外衣，穿一身白衣服，和带刀两人合撑着一顶大伞，悄悄地开门出去了。

天色漆黑，两人走不惯凹凸不平的夜路。他们喘着气蹒跚地走着。走到一个十字路口，碰到一个行列，点着火把，高声叫喊走来。这条路很窄，又没有可以躲避的地方，只得将身靠边，用伞遮蔽面孔。行列里有几个小官吏模样的人叫道："喂！走路的两个人，站定！这样的大雨，又是半夜里，光是两个人走路，不是好东西，抓住！"两人无可奈何，只得在路旁站定。那人用火把照照他们，说道："这两个人穿着白衣服，大概不是贼吧？"另一人说："不，逃出来的小贼也有穿白衣服的。"临走时又骂道："无礼的家伙，站在这里做什么？走吧！"说着，敲敲他们的伞。两人没有办法，只得踏着粪便，走那龌龊的小路。其中又有人说："故意用伞遮住面孔，不是好东西。"两人只得将伞横下来，淋着雨，踏着粪便走去。又有人用火把照照他们，说："这家伙还穿着外套呢。大约是穷人出去偷老婆的吧。"这样地讪笑着，走过去了。

好容易抬起头来，少将说："这些大概是衙门督的巡回夜警。他们把我当作盗贼，好像要把我抓去的样子，真是有生以来第一次碰到的事。他们称我为赤脚强盗，倒是一个很好听的名字。"两人说说笑笑，走了一会儿。

少将说："喂喂，我们还是回去吧。一身粪土，气味很臭，这样地去，反而被人讨厌吧。"

带刀笑着说："这样的大雨，步行而往，这深情厚谊令人感激不尽，哪里会臭？恐怕比麝香还香呢！况且离家已经很远，到那边倒是很近了。去吧去吧！"

带刀坚持要去，少将也觉得，既然下决心来了，半途而废，也很可惜。他就回心转意，提起精神继续前往。

晚上人都睡了，门已经关上，好容易敲开了，走了进去。带刀先引导少将到自己的房间里，拿水来给他洗脚，自己也洗了。少将对带刀说："明天早上天没有亮就要起来。我要在面目看不清楚的时候回去。你切不可误事！我这样子很难看呢。"说罢，就轻轻地敲落洼的房间的格子门。

小姐怨恨今宵不来的人无情。但这还在其次，她所忧虑的是，这件事宣扬出去，被严厉的母亲知道了将怎么说，她的遭遇势必更加困苦了。因此她躺着，不能成眠，只是吞声饮泣。

阿漕白费心血，唉声叹气，坐在小姐面前，靠在壁上休息。忽然听见格子门上的声音，蓦地站起身来，说："怎么？格子门上有声音呢。"便走过去，听见少将的声音："开门！"她吃了一惊，连忙开门，但见少将挨身而入，浑身湿透！

　　阿漕叫道："啊呀！怎么湿得这样厉害！"少将说："惟成（即带刀）说，使得小姐不高兴，对她不起。我把衣服撩到膝盖以上，用带子扎好了走来。路上跌了一跤，满身是泥了。"他把衣服脱下，阿漕接了，说："让我拿去烤。"便把小姐的衣裳给少将穿上了。

　　少将走到小姐躺着的地方，恨恨地说："弄得这般模样，倘有一个女人来抱我，我多么欢喜啊！"便把手伸到帷帘中，觉得小姐的衣袖上有些湿。他想，大概是恨我不来而哭泣吧。他很可怜她，吟出古歌的上句：

　　因思何事青衫湿？

　　小姐接着吟出下句：

　　慨念终身泪雨淋。

　　少将说："这雨如果知道你的身世，一定到现在为止就不再落了。因为我已经来了。"就和小姐一起躺下。

阿漕把那饼整齐地盛在一只匣子盖里，送到枕边说："请用这个。"少将说："我想睡，疲倦得不堪呢。"他不想坐起来。

阿漕说："但今夜一定要吃的。"少将说："到底是什么？"抬起头来一看，但见许多婚礼三朝用的饼，整齐地盛着。不知道是谁这样周到地安排着的。想起了有人这样热诚地等待自己来，少将心中异常快慰，便问阿漕："这是三朝饼，听说吃的时候有一定的规矩，是怎么样的？"阿漕说："这个你不会不知道吧。"少将说："独身的人，没有吃过婚礼的饼呀。"阿漕说："听说是要吃三个。"少将说："啊呀，这句话没有什么风趣。女人吃几个呢？"阿漕笑着说："由你说吧。"

少将对小姐说："那么，你也吃点。"落洼怕羞，不大想吃。少将认真地吃了三个，开玩笑地说："怎么样？那个藏人少将（三小姐的丈夫）能像我一样地吃吗？"阿漕笑道："也会吃的吧。"夜已很深，大家睡了。

阿漕回到带刀那里，但见他还是浑身湿透，像一只落汤鸡，抖抖瑟瑟地蜷伏着。阿漕说："淋得这样湿！没有伞吗？"带刀低声地告诉她途中被夜警盘问的情况，笑着说道："这样深切的爱情，没有前例，真是古今无类，难得之至啊！"

阿漕说："略有点儿像，但是还不够呢。"带刀直率地答道："你说略有点儿，可见女人贪得无厌，所以讨厌。今后即使有二十次，三十次的薄情行为，也可因今晚的深情厚谊而受到原谅了。"阿漕说："又要自说自话了，你这个人！"说着躺下了，又认真地说:"的确,今晚倘不来,怎么办呢!"又说了些闲话,就睡着了。

睡得很迟,不久天就亮了。少将说:"啊呀,怎样回去呢?静倒还很静。"他还是躺着。

阿漕醒来,着急得很。事情的确困难,因为石山寺进香的人要回来了。进进出出的人多,不会没有人走到这里来。想起了很不安心。况且还须准备少将用的早粥和盥洗水。她很心焦。带刀看到阿漕的样子,说道:"何必这样地烦躁!"阿漕答道:"叫我怎么能够安心呢?住在这样狭小的地方,动手不得。说不定会有人来。所以提心吊胆呢。"

少将说:"叫他们把车子赶到这里来,让我悄悄出去通知吧。"正在这时候,石山寺进香的一批人喧哗地回来了。

"啊呀,糟糕!"

少将叫着,就坐定了。落洼姑娘想起这样狭小的房间,说不定有人来看,怎么办呢?她满怀忧惧。阿漕更加着急。她在这混乱之中,竟会取得菜和早粥,送与少将。盥洗水也送来了。这样那样地奔走,手忙脚乱,恨不得再有一个人来帮助她。正在此时,夫人从车子上走下来,大声叫唤:"阿漕!阿漕!"

真不得了:客厅的门开着,来不及去关。夫人走到正厅的格子门和竹帘之间,说道:"出门的人,旅途中疲劳了,都去休息吧。你老是在这里休息,车子到时为什么不出来迎接呢?你和谁混在一起,真可恶!从来没有这样讨厌的人!你回到落洼的房间里去吧！"同时还讲些挖苦落洼的话。

阿漕听到这话，心中很高兴，但不好说。她辩解道："真对不起，我因为正在换衣服。"

夫人说："随便你说吧。快去拿盥洗水来！"阿漕仓皇地回答，立刻站起身来，茫然若失了。她就到三小姐那里去服役。这时候厨房里的饭菜办好了。她找个机会，到厨房里去，同厨司商量，用许多白米来交换了烧好的小菜，拿回来给少将吃。少将听说这里万事不自由，想不到如此周全。小姐更加诧异：阿漕怎么能有这样的调度，真想不到。

少将略微吃些，落洼姑娘还睡着，一点也不吃。阿漕把食物盛在一只锅子里，全部拿去给带刀吃。带刀说："啊，我到这里来，已经很长久了，不曾得到过这样的赏赐。这是少将来了的缘故。"阿漕答道："今后，慢慢地还有夫人的赏赐呢。这是预先庆祝呀。"带刀说："啊唷！吓死我了！"两人说笑了一会儿。

到了昼间，少将和落洼正躺着。夫人本来不大到落洼房间里来看，这时候不知想起了什么，走到门边来，想把门打开。门关得很紧，她就叫："开门！"小姐和阿漕听到夫人的声音，都慌张了。

少将说："不要紧，开吧。如果她要撩起帷帘来看，我披着衣服躺着好了。"

小姐知道夫人近来的习性，她是会走进来看的。她很为难，但是也没有可以隐避的地方。她就坐在帷帘旁边。

外面夫人生气了："为什么要耽搁这许多时间！"阿漕回答："今天和明天是禁忌日子。"好容易搪塞了一句。夫人说："不要神气活现！又不是你自己家里，有什么禁忌呀！"小姐说："那么，开了吧。"把门闩一拔开，夫人狠狠地推开了门，昂然直入，站在房间中央，环视着四周。

一看，情况和以前不同了，收拾得很清洁。帷帘也有了。落洼服装也整齐了。室内充满了香气。夫人想不通，说道："怎么样子和以前不同了。我出门的期间，出了什么事情？"小姐不觉涨红了脸，答道："没有……什么。"

帷帘里面的少将，想看看夫人是什么样儿的。他躺着从帷帘的隙缝中窥看，但见她上身穿着白的绸衣，下面缀着并不讲究的绢裙。面孔扁平，确有夫人的风采。她的口角上带着娇相，有些可爱。总之，全体很光鲜。只是眉头稍稍蹙紧，表示性情凶恶。

夫人说："我这回在路上买得一面镜子，装在这镜箱里大约是正好的。我想向你借一借呢。"落洼姑娘慷慨地答道："好，很好。"

夫人说："唉！你讲话直爽，我很欢喜。那么我就借用了。"她立刻把镜箱拿过去，取出了其中的镜子，把自己的镜子装进去。大小正好，她很高兴，说道："真个买到了好东西。这镜箱上的景泰窑，现今制造不出来了。"说着把镜箱揩拭一下。

阿漕心中懊恼得了不得，说道："不过这镜子没了箱子，不很方便呢。"夫人说:"我就买来给她。"便站起身来。她表示十分满意的样子,说:"这帷帘是哪里来的?好得很。还有许多别处看不到的器具。似乎有点蹊跷呢。"

小姐想:少将听到这句话,不知作何感想。她觉得非常不好意思。只是答道:"没有这些觉得不方便,所以拿来的。"夫人还是狐疑满腹。

夫人出去以后,阿漕实在忍耐不住了,说道:"真是倒霉!不给我们东西,也就算了。连我们原有的东西也都要拿去。上次那个人结婚的时候,说是暂时借用,不久归还的,把屏风等种种东西取了去,但到今天还是当作自家的东西一样使用着。碗盏等物,这样那样,都被取去了。我们去向老大人要求,取回来吧。这里的用具,忽然变做那边的小姐的东西了。我们这样地宽宏大量,你们几时才能得到报答呢?真是!"

小姐安慰她,说:"算了,各种东西,他们用过之后总会还给我们的。"少将听了这话,佩服小姐气度的宽大。他忽然撩开帷帘,拉住小姐的手,问她:"那夫人年纪还轻呢。几位小姐都像她吗?"小姐答道:"不,小姐们不像她,都很漂亮。母亲不知怎的,今天被你看到了难看的姿态。将来有人问你,你怎么说呢?"这样地畅谈衷曲,少将越发觉得这小姐可爱了。他想,当初如果断绝了这恋情,真是后悔莫及。这件事做得很好。

不久,夫人叫一个名叫阿可君的童子送镜箱来了。是一只黑漆的箱子,直径约有九寸,厚三寸,是一件古式的器具。陈旧得很，那漆处处剥落了。童子传言道："这是清一色的，漆虽然有些剥落，但是确系上等物品。"

阿漕看了，忍不住好笑。把镜子装进去看，太大了，不成样子。"唉，难看极了。索性不装箱子，光是用镜子算了。从来不曾见过这种东西。"小姐说："不要说这样的话。送我们是要感谢的。的确很好。"小姐叫那童子回去。

少将拿起这镜箱来看看，冷笑一声，说："哪里去找出这种老古董来。夫人收藏的东西都很别致，是珍贵无比的啊！佩服。"

天亮了，少将回去了。

落洼姑娘起身，对阿漕说："我真高兴，全靠有这帷帘，可以给我遮羞。"阿漕把家中种种情况告诉她。这阿漕年纪虽然还轻，而用心非常周到，真是一个可怜可爱的人。小姐想起：阿漕以前曾经名叫"辅助"，确是名副其实。

阿漕把带刀所说昨夜的情况告诉小姐，盛称少将对小姐的爱情的深挚。她说："只要少将的真心长久继续，永远不变，那么小姐过去所受的委屈，都会翻身，真是多么可喜的事啊！"两人讲了许多知心话。

这天晚上少将进宫去，不曾到这里来。次日，送来一封信。写道："昨夜我在宫中值宿，不曾过访。阿漕大概在责备带刀了，想起了觉得可笑。她的能言善辩，不知是从哪里学来的。我眼前浮现出那位夫人的面目来，无端地觉得可怕。今夜我回想昔

日，深为感动，正如古人的恋歌所说：'一自与卿相契后，不知昔日是何心。'

当年无墨碍，晨夕自悠悠。

昨夜与君别，独眠不耐愁。

你希望离开这顾虑繁多的境界吗？我们去找一个安乐的住处吧。"这信写得非常恳切。

带刀说："早些给回信吧。"

阿漕看了少将的信，对带刀说："你多嘴多舌，讲了我许多坏话吧。我对你无话不谈，你却欺负我。"

小姐的回信说："昨夜我的感觉正像古人的恋歌所说：

凉风秋瑟瑟，团扇叹无情。

尝恐君心变，泪珠似雨淋。

我也吟成一首：

尝恐君心变，恩情不久长。

妾身多薄命，忧思永难忘。

的确，这世间好像是关着门的，无法逃出。正如阿漕所说：犯罪之人多恐怖也。"

　　带刀拿了这封信正要出去，那个藏人少将说有要事，把他叫住了。他来不及送信，便把信揣在怀里。

　　藏人少将叫住带刀，是要叫他梳头。梳的时候，藏人少将弯下身子，带刀也弯下身子。那封信从怀中落在地上，带刀不曾注意到。三小姐的丈夫藏人少将眼睛尖，悄悄地取了这封信。

　　梳好了头，藏人少将走近内室，把信递给三小姐，说道："真奇怪，这是带刀掉落的，你看吧。笔迹很清秀呢。"三小姐说："这是落洼姑娘的字呢。"藏人少将说："是写给谁的？这人的名字很奇妙。"三小姐说："确有这样的人，是个做针线的人呀。"她看看这情书，觉得奇妙。

　　带刀整理了梳头用的脸盆，想出门去，不见了怀中的信。啊呀，不得了！他坐立不安，把衣服都抖过，把带子解开来看，都找不到信。怎么办呢？他的脸涨红了。

　　然而他不曾到过别的地方。要是掉落，一定掉在这里。他把藏人少将的宝座拿起来看，还是没有。谁拿了去呢？他担心，不知会引起何等大事。左思右想，两手支着面颊，茫然若失。正在此时，藏人少将出来了，看见他这般模样，笑着说道："怎么？带刀的样子很不自在呢。掉了什么东西吗？"

　　带刀看出，一定是被这个人藏过了。他急得要死，这真是糟糕透顶了，便向他哀告："求求您，还了我吧！"藏人少将说："我不知道。小姐说你是'江水上山流'呢。"说着就走了。

古歌："玉颜丽如此，何用更他求。若负三生誓，江水上山流。"他说带刀是"江水上山流"，意思是说带刀已经有了阿漕，又和别的女人通情。而这别的女人，带刀想来，是指落洼姑娘。他气得眼前一团漆黑。

他毫无办法。此事被阿漕知道了，将骂他何等疏忽。他觉得可耻。然而无可奈何，只得回去对阿漕说："刚才我拿了那封回信出去的时候，被那人叫住了，要我梳头。我不当心，掉落在地，被他取了去。真是糟糕！"说时上气不接下气。

阿漕听了，说："这不得了！不知会引起何等的大乱子呢。本来，夫人已经在疑心有什么事情了。不知要闹得怎么样呢。"两人都吓得身上出汗。

三小姐把这封信给母亲看，说是怎样拾得来的。夫人说："果然如此，我早就觉得奇怪了。对方是谁呢？带刀拿着这信，看来就是那个男子了。大概这男子对她说过要来迎娶等话吧，因为这信上说走不出这门。我正想不给这女孩子嫁男人，现在倒有些讨厌了。她如果有了男人，一定不会像现在这样住在这里，要把她接出去的。我家没有了这个人，倒很不方便。我是想把落洼当作你们的仆役的呢。不知究竟是哪一个坏蛋做这件事的。不过，不要太早声张，否则那人会把她隐藏起来。对任何人也不要说起。……"

于是关于这情书的事，她们决不谈起，静观形势。带刀等觉得奇怪。

阿漕向落洼姑娘请求："你的回信，这般地被人拿了去。实在说不出口。请小姐再写一封，好不好？"小姐听了，担心得不得了。她想，夫人一定也看到了。她忧愁地说："我一点气力也没有了。"那悲哀的样子，教人目不忍睹。带刀没脸到少将家里去，闭居在房间里。

少将一点也不知道，日暮时候，到落洼这里来了，问道："为什么不给我回信？"落洼姑娘答道："因为不巧，被母亲看到了。"两人就睡觉了。

天亮得很早，少将想回去了，但是天色大明，出入人多，不便走出去，仍旧回到落洼这里来休息。阿漕照例忙着准备早餐。

少将静静地躺着，和落洼姑娘作这样的谈话："这里的四小姐今年几岁了？""大约十三四岁，长得真漂亮呢。""那么也许是真的；中纳言说要把她嫁给我呢。因为这四小姐的乳母，和我家中的人熟悉。这里的夫人也很赞成，就叫人来做媒。但是，抱歉得很，我准备拒绝他们，说我已经和你有这样的关系了。你看好不好？"

小姐只是回答说："这样，他们不乐意吧。"她那没精打采的样子很是可怜。

少将又问："我这样地到这里来，觉得没有面子，很不舒畅。我想叫你迁居到好的地方去，你可以去吗？"小姐答道："听凭你吧。"少将说："那么很好。"说着，睡觉了。

十一月二十三日的事：

三小姐的丈夫藏人少将被指定为贺茂临时祭的舞人，三小姐的母亲做种种准备，忙碌万状。临时祭于十一月下旬的酉日举行。舞人从近卫府的贵公子中选出，是祭使中的重要人物。

阿漕很担心，认为这次不得了了。因为她想，一定有许多裁缝工作派给落洼姑娘。果然不出所料，立刻派人拿一条罩裙来叫缝了。那使者说："夫人说，这个要立刻就缝。因为后面还有许多活儿哩。"

小姐还在帷帘里睡觉。阿漕代为答道："不知怎的，昨夜身体不好，现在还睡着。等她醒来，我转告她吧。"使者回去了。

小姐想立刻起身来缝。少将说："我独个人，寂寞无聊，怎么能睡呢？"不让她起来。

夫人的使者又来问了："怎么样？开始缝了吗？"使者回去说："没有，阿漕说还在睡觉。"

夫人冷笑着说："什么话！怎么叫作还在睡觉？说话要当心！不准你同我们一般样地说话！我不要听！况且，白天睡觉，岂有此理！连自己的身份都忘记，真是该死！"

这回她亲自拿了一件衬衣来了。落洼姑娘慌张地从帷帘中走出来。夫人看见那罩裙依然放着，脸色顿时变了，骂道："还不曾动手？我以为已经做好了呢。竟把我的话当作耳边风吗？近来发痴了，一天到晚忙着化妆。"

小姐听了这番话，心中非常难过。她想，少将听到了，不知作何感想。她神志颓丧，回答道："因为身体不大好，暂时放着。"又辩解道："这立刻可以做好的。"便拿起来做。

夫人又骂道："粗制滥造是不行的！唉，要叫你这种讨厌的人做，就因为没有人的缘故。这衬衫倘不立刻缝好，要你滚出去！"

她怒气冲冲地把衣服投给落洼，站起身来。少将的外衣角从帷帘底下露出，正好被她看见了。便问："这外衣是哪里来的？"她站定了说话，阿漕一想，闯祸了，便含糊地答道："这是别人托做的。"

夫人说："哼！先缝别人的东西，把家中的东西搁在一边？好了好了，你住在这里没有结果了。唉，世界上竟有这样不要脸的人！"唉声叹气地出去了。

少将静静地躺着窥看她的后影：由于子女生得太多，头发脱落了，不过十几根，像老鼠尾巴一般挂着。加之身体很胖。这样的人简直是少有的。

落洼姑娘忙忙碌碌地在那里缝裙子的襞。少将拉她的衣裾，说："来，到这里来！"把她拉了过来。小姐无可如何，只得钻进帷帘里面去。

少将说："这讨厌的家伙，你不要缝！让她再懊恼些。使得她没有办法。她刚才说的那些话是什么意思？一向是这样多嘴饶舌的吗？你怎么忍耐得住呢？"

小姐没精打采地回答："我身是山梨花呀！"

古歌云："我身恰似山梨树，祸患袭来无处逃。"小姐引用这诗，意思是说，她不能离开这里而逃到外面去。

不久天黑了。窗子都关上。点起灯火来。小姐正想继续把那衣服缝完，夫人悄悄地来察看情况了。

一看，衣服堆着，灯火点着，却不见人影。她想，一定是躲在帷帘中睡觉了，就怒火中烧，大声地叫道："老爷！请你来看看。这落洼太放肆，我实在对付不了她，请你来骂她一顿。人家这样急用，她却不知从哪里弄来一个帷帘，不识体统地摆起来，一直躲在里面睡觉！"

"不要在那里讲，到这里来说吧。"是中纳言的声音。不久两人的声音远去了。以后说些什么，不得而知。

少将初次听到"落洼"这个名字，问道："她说'落洼?'是什么名字?"小姐满怀羞耻，答道："呀！有什么意思呢!"少将又说："人的名字? 怎么用这样的字? 这当然是下等人的称呼。但是太不体面了。夫人的气色似乎很坏。看样子要发生对你不利的事情了。"说着便躺下了。

这回来叫她裁一件袍子。夫人想，也许她还是睡着，便用种种话教唆她的父亲中纳言，叫他亲自去骂她。中纳言一推开房间的门，便骂道：

"唉，你这个落洼！你不听话，一味横蛮，是什么意思呢？你是没有母亲的人，应该规规矩矩，使得大家对你有好感才是。这里那样急于待用，你却缝别人的东西，而把这里的工作丢在一边，你是怎样想的呢?"末了又说:"今天夜里如果不做好，你就不是我的女儿!"

小姐听了父亲的话，回答的气力也没有，只是热泪淌个不住。中纳言说过之后回去了。

中纳言说话时，自有旁人听到。一个女子逢到这样的事情，真是奇耻大辱。被人知道"落洼"这个讨厌的称呼是她自己的名字，她恨不得当场就死了。她心情郁结，便暂时把裁缝工作放在一旁，向着灯影暗处吞声啜泣。少将觉得她的确痛苦，实在受辱，也陪着她啜泣。他说:"罢了，暂时休息一下吧。"便强把她拉过来，百般慰藉。

所谓落洼姑娘，原来就是这个人的名字。少将想:那么刚才我所说的话，她听了一定非常羞耻，实在很可怜。夫人是晚娘，受她虐待，还不去说它;连生身的父亲也这样厌恶她，真是荒唐之极了。好，我总要把这位小姐装扮得非常漂亮，给他们看看。少将深深地下定了决心。

夫人把许许多多衣服叫落洼姑娘缝，又动怒骂过她;但念落洼一个人，毕竟是缝不了的，她便叫自己身边一个名叫少纳言的相貌清秀的侍女去帮忙:"你也去，和她一同裁缝吧。"

侍女来了，对落洼姑娘说:"叫我缝什么呢? 这且不说，你为什么只管睡觉? 夫人说过不可以太慢的呢。"落洼姑娘说:"因为我身体不大好。那么，你先来缝这裙子的襞吧。"侍女少纳言就动手缝了。

过了一会儿，她说："你如果身体好了，还是你起来缝吧。因为这襞，我实在不会缝。"

落洼姑娘勉强起身，从帷帘里出来，略微点教了她。

少将照例透过帷帘的隙缝窥看。但见灯光正照着的侍女少纳言的面庞十分清秀。可见这人家是有美人的。

少纳言看见落洼姑娘眼角红润，想是哭过，觉得很可怜，对她说道："我想同你谈谈，生怕你当作客套话。但如果不谈，就无法知道我所爱慕的人的心，很可惜，所以不管怎样，都老实讲出来：近年来，我看到和听说你性情温和，很想到这里来服侍你，比平常在你身边的人更热心呢。然而外间的人多嘴多舌，非常讨厌。因此想私下替你服务，也不成功。"

小姐答道："从前一向和我熟识的人，对我也都没有诚意了。你能对我说这样的话，我真高兴。"

少纳言继续说："我真有点想不通。那样的继母，对你怀着恶意，是不奇怪的。但同一父亲所生的姊妹们，也都和你断绝往来，真是想不到。像你这样一个好人，却过着寂寞无聊的生活，实在太可怜了。你看，那边的四小姐，也在准备招女婿了。无论这样那样，夫人都随心所欲地替她办到呢。"

"这是喜事。不知女婿是哪一个。"

"听说是左大将的儿子少将。大家都称赞他好呢。皇帝对他的恩宠也很深，家里没有夫人，真是再好没有的女婿。这里的老爷说要迎接他到这里来，夫人起劲得很。四小姐的乳母和左大将家有一个人相熟识，真是意外的幸运。他们已作了种种秘密商谈，听说已有确实的消息来了。"

"那么，"小姐说时，带着温和的微笑，在灯光之下，眼梢口角微露红润，露出一副高贵之相，而又有一种安定稳重的感觉。

"那么，这位少将说些什么呢？"

"不很详细知道，总是表示同意的吧。这里正在悄悄地做种种准备呢。"

帷帘中间的少将想对她说："这种话都是撒谎！"但他静静地躺着。

少纳言继续说："女婿多了，你的针线活儿还要忙起来呢！倘有适当的因缘，你还是早点定了终身吧。"

小姐答道："像我这样难看的女人，怎么可以起这样的念头！"

少纳言表示反对："哪有这样的话！教人意想不到。那边当作活宝贝的几个女儿，反而……"

她顿了一下，又说："那么，我再告诉你：现今世间以美男子出名的弁少将，世人都称他为交野少将。替他服务的一个名叫少将的侍女，正好是我的表妹。前天我到她那里去，正好少将也见到我。他知道我在这里服务，对我特别注意。真如传闻所说，他的相貌之美，竟是独一无二。他在谈话中问我：听说你在服务的中纳言大人家，小姐很多，是什么样儿的，从大小姐开始，一一详细探问。我也约略告诉他一些。谈到你时，他大大地表示同情，说：'这正是我理想中的人物，你替我送封情书去好吗？'我回答他说：'她在许多小姐之中，是个没有母亲的人，心情不快活，这种事情，恐怕完全没有想到吧。'他说：'没有母亲，更加委屈，真是可怜之极了。我所要追求的结婚对象，不是幸运的女子，而是饱尝世事辛酸而容貌秀美的人。日本自不必说，即使到中国和印度，我也要寻找这样的人。后妃之中，除了这里晋升的人以外，没有双亲俱存的人。这位小姐，在那里度过这等不快的生活，还不如让我娶了过来，做我的活宝贝吧。'他同我长谈细讲，直到夜深。此后，他也还问过我：'那件事怎么样了？你肯替我送情书吗？'我回答他说：'现在还没有适当的机会，日内想办法吧。'"

落洼姑娘听她讲，一句话也不回答。这时候这少纳言家的人来叫她了："有要紧的事！"少纳言走到外面，那人对她说："刚才有一个人来，说要看看你，有话对你说。"少纳言说："稍等一下，让我进去回报一声就来。"便又回进房间里，对落洼姑娘说："外面那人说有个人有要紧的事来找我。——刚才的话，确实没有说完呢。还有许多很有趣味的事，让我慢慢地再告诉你吧。我这样中途回去，请守秘密，别告诉夫人。免得她怪怨我。下次有机会，我再来。"说着回去了。

少将撩开帷帘，对小姐说："这个人真会说话。而且相貌也很清秀。我正在心中赞美她，岂知她说出交野少将是美男子等话来，我就觉得此人讨厌了。你没有好好地回答她，却担心似的向我这方面回顾，闭口无言。我想，如果我不在这里，大概你会清清楚楚地回答她吧。这真是对不起了。如果那弁少将送了情书来，事情就完结了。因为这个人有奇妙的魅力。只要他送出一封情书，没有不发生效果的。对人家的妻子自不必说，和皇帝的妃子也发生关系。就因为这关系，此人不能立业。然而，在许多女子之中，他特别看重你，也是特殊的想法。"少将说时怒气冲冲。小姐不知道怎样回答才好，闭口无言。

少将说："你为什么不回答我呢？是否为了我把你所深感兴趣的事情这样那样地分说，所以难于作答呢？在这京都之中，所有一切女子，都极口赞誉交野少将呢。"

小姐低声回答："我恐怕不能参与这些女人之列吧。……"

"那人的门阀非常之高。你如果嫁给他，也许可有皇妃的地位呢。"少将带着嫌恶的口气说。小姐因为不知详情，不作回答。她默默无言地缝衣服，白玉一般美丽的手指不断地活动。

阿漕知道小姐有侍女少纳言做伴，又因带刀身体有点儿不舒服，所以暂时闭居在自己房间里。

小姐一个人缝着，要在袍上打襞了，说道："啊呀，要叫阿漕来帮才好"，少将说："我来帮你吧。"小姐说："这太不成样子了。"少将把帷帘推在外面，坐在里首帮小姐打襞，开玩笑地说："无论如何一定要帮你做成，我是一个出色的裁缝师傅呢。"然而他很不习惯，东拉西扯了一会儿，弄得兴味索然。小姐觉得可笑，一边工作，一边吃吃地笑着。

小姐问："你和四小姐订婚约，是真的吗？"少将笑着说："你不要认真。如果那个交野少将有一天得到了你这个活宝贝，我就公开去当四小姐的夫婿。"

"夜很深了，睡吧。"少将催她睡。小姐说："稍等一下。你先睡吧。我把这些缝好了再睡。"少将说："我睡了，让你一个人做活儿，对不起。"

正在这时，那个疑神疑鬼的夫人，趁四周人静之时，悄悄地走来，从那个洞穴里窥探，看落洼姑娘是否又是不工作而睡着了。一看，侍女少纳言不在了。这边立着帷帘。从帷帘一旁窥看，落洼背向着这边，正在打襞。她的对面有一个男子帮着拉打襞的布。

夫人那瞌睡蒙眬的眼睛忽然清醒了，仔细一看，但见这男子穿着美丽的白色上衣，衬着艳丽的淡红色衫子。另有衣服像女子的裙子一般盖在身上。在明亮的灯火光中，显出一个容貌端丽的美男子。这个人比近日大家极口称赞的新女婿藏人少将美丽得多，夫人大吃一惊。

落洼要有丈夫，是意中事，但总不会是有爵禄的人。而现在这男子却不是寻常人物。况且，关系这样密切，连针线活儿也和她一同做，可知两人的爱情已经不是一般的了。这件事不得了！如果落洼的身份好起来，她就决不能像从前那样随心所欲地处置她了。夫人想到这里，把裁缝活儿等事丢在一边，愤愤地站着，但闻里面那男子说：

"这种不习惯的事情，我做得疲倦了。你不是也在想睡了吗？今天不要缝那一头了，让她像往日一样动怒吧。"落洼答道："她发起脾气来是很麻烦的。"她照旧在缝纫。男的不耐烦，用扇子把灯扇灭了。落洼说："啊呀，讨厌！还没有收拾呢。"少将说："有什么关系，就这样堆在帷帘里面算了。"就把未曾缝好的衣物塞进帷帘里，抱着落洼睡觉了。夫人从头至尾听到这一番谈话，气得不得了。

那男子说"让她像往日一样动怒"，可知以前她骂落洼等事，他都知道。大概是落洼告诉他的吧。总之，这件事很可恶。她已回自己房中左思右想，满腹妒恨。

她想，还是要告诉老爷。但念那男子风采秀美，从他的服装上推测，一定是个身份很高的人。如果告诉了老爷，老爷也许会索性公开出来，把他招为女婿亦未可知。所以，还不如宣传带刀和落洼发生关系吧。只说是以前太过疏忽了，以致发生这样的事情。好，把她关进贮藏室里去吧。你们说"让她动怒"吗？我就动怒了。她怒气冲冲地考虑办法。

对啊，把她关了进去，那男子就全断念了吧。自己的叔父典药助，正好住在这里。这人贫穷得很，年纪六十多岁了，还是贪好女色。把落洼配给他，让他们搞在一起吧。她一夜考虑到天明。落洼方面丝毫不知。少将和她讲了许多情话，天亮就回去了。

落洼送少将出门后，立刻赶紧做昨夜未完成的针线活。夫人也已起身，派人去取缝制的衣物，吩咐这人：如果还不曾做好，要狠狠地训斥她一顿。然而出乎意外，衣物已经折叠得很好，立刻交付那人。怎么会这样快呢？想不出道理，那人只得默默地拿走了。

少将派人送信来，信中说："怎么样了，昨夜缝的东西？又动怒吗？是个什么样子，我想知道。我的笛忘记放在你那里了，请交给来人。我要到宫中去参加演奏。"

这横笛用名香熏过了放在枕边。落洼就把它包好，交给来人，又写一封回信：

"动怒？并无此事。被人听见了不好意思。请勿说这种话。母亲来时笑容满面。横笛交来人送上。这支重要的笛，你怎么会忘记呢？

　　随身玉笛犹遗弃，
　　萍水姻缘哪得长。"

少将读了这首诗，觉得难以为情，便回答她一首诗：

　　笛音千载长清彻，
　　莫作漂流萍水看。

今天早上，和少将归去同时，夫人对她丈夫中纳言说："我老早就想到会发生这样的事情。那个落洼，做出了见不得人的荒唐透顶的事来了。既然是非管束不可的人，总要想法安顿她才好。这简直是不成话。"她认真地诉说，但是语言委婉。中纳言吃惊地问："是怎么一回事？"

夫人答道："我们的女婿藏人少将所使用的男仆带刀，听说近来和阿漕混在一起了。还有意想不到的事，不知什么时候，他又搭上了落洼。这带刀是个笨头，一封情书的回信放在衣袋里，掉落在藏人少将的房间里，被少将看到了。当然，少将是个很仔细的人呀。于是少将说：'啊呀呀！招进了出色的女婿了！教我们同辈做女婿的人没脸见人了。这种事传出去很难听。请快把这家伙赶出去吧。'她说得非常痛切呢。

中纳言年纪虽老，而火气格外大，愤愤地说道："啊呀！干出这种不成样子的事来了。落洼这家伙和我们同住在这屋子里，谁都知道她是我的女儿。这带刀是个不上台面的东西呀！年纪不过二十左右，身长不满三尺。她怎么会同这种家伙干这种勾当？我正想把她嫁给一个相当的地方官呢。"

夫人说："真是岂有此理的事。所以我想，还不如趁外人不知的时候，把她关在贮藏室里，严加看守。不然的话，落洼想着他，会设法继续和他来往。而且事不宜迟，迟了怕另有花样出来呢。"

"这办法好极了。现在立刻把她赶出去，关在北边的贮藏室里，饭也不给她吃，饿死了也不妨。"这中纳言老昏了，没有判断事情的能力，所以说了这些荒谬的话。

夫人内心觉得这话说得好极了，把裙子高高地撩起，走进落洼的房间，一屁股坐下了，说道："你真个做出荒唐的事情来了。父亲说你给别的孩子丢脸了，非常生气。他说不许你住在这里，把你禁闭起来，叫我当看守，现在立刻就赶出去。好，去吧！"

落洼姑娘觉得这件事来得太突然了，没有话讲，只管哭泣。不知父亲究竟听了什么，所以这般动怒。她实在不想活在这世界上了。

阿漕飞奔出来，叫道："到底听到了怎样的事情？什么错误也没有犯呀。"她想拉住小姐，夫人骂道："嗨！不要碍手碍脚！我一点也没有听到，不知道，都是老爷从外面听来的。你有了这个大胆地干坏事的主人，近来常想和我所喜欢的小姐们作对，是不是？这个人没有了，你这个人也就没有用处了。"她抓住落洼姑娘的肩膀，说："好，去吧，父亲有话对你说。"

阿漕放声大哭，小姐茫然若失了。

夫人把这里的用具乱踢，拉住了落洼的衣袖走出去，正像捕捉逃亡者一样。

姑娘一头青丝发，此时正梳得很好，非常美丽，比身体还长五寸光景，行步的时候飘飘地波动。她的后影实在可爱。阿漕目送着，就此一去不回了。阿漕想，不知打算怎样处置。她心情混乱，眼前一团漆黑，手足无措只是哭泣。过了一会儿，她忍着悲哀，把周围散乱的器物整理一下。

落洼姑娘呆然若失，被拉到父亲面前，站定了。夫人说："啊唷，好容易啊！不是我自己去，还拉她不动呢。"

中纳言说："立刻把她关进去吧！我看也不要看。"夫人就拉她去关在贮藏室里了。这夫人是一个完全没有女性的温柔心肠的人。她那副狰狞的面目，谁都看了害怕。

有小门通厢房的两间贮藏室里，醋、酒以及鱼类等物杂乱地堆着。门口铺着一条有边的薄席子。

夫人骂道："横行不法的人，应受这等处罚。"便毫不客气地把落洼推了进去，亲自把锁紧紧地锁上，然后回去。

不久，落洼姑娘清醒过来，觉得四周各种东西的臭气刺鼻难当，流下泪来。

父母为什么这样地处罚她，她全然不知道。她想，至少让我和阿漕见一见面。然而在这贮藏室里，不能和她相见。她想想自身的不幸，只管低头哭泣。

夫人来到落洼原来的房间里，说道："到哪里去了？这里不是有一只梳头箱么！又是阿漕瞎讨好，不知什么时候把它隐藏了。"果然如此，阿漕答道："是的，我把它收拾在这里。"夫人也毕竟不好意思拿去。她说："这房间除非我许可，不得打开。"把房门锁好，才回去。

夫人想：好计划，现在快点去同典药助接洽。她正在找适当的机会。

阿漕要被赶走，不胜悲痛。她想，这里已不是我的家，走出去吧。然而她总想知道小姐的下落，担心得很。于是走到三小姐那里，向她苦苦地哀求。

"我实在一点也不知道，但是夫人痛骂我，叫我走出去。我服侍小姐到现在了，定要我半途走出，心中实在痛苦得很。我想请小姐照顾，饶了我这一次。我从幼小时候就在这里当差。现在和落洼姑娘已经隔绝，关于她的情况，我一点也不知道了。我实在弄得莫名其妙。如果你也要抛弃我，我真是……"

她能言善辩地向她立誓，悄悄地向她哀求。三小姐觉得这也是真情，很可怜的，便去对母亲说："为什么连阿漕也要这样地受处罚？她是我要使唤的，她走了我很不方便。"

夫人说："这个小贱人和落洼异常亲密。完全是盗贼根性的女子。万事都是她怂恿落洼做出来的。落洼决不会自己去干；而且一点也没有色情的腔调。"

三小姐又劝请："那么，这一次饶恕了她吧。她已经向我悔过，说得很可怜的。"夫人勉强答应了，说："你既然这样说，那么就照你的意思吧。不过不可以称赞她做得好，要宠坏的。"

三小姐听了母亲这话，觉得情势不是很好，所以并不立刻呼唤阿漕到自己身边来当差，只是对她说："你暂时忍耐一下，待我从长计议。"

阿漕想来想去，总觉得痛苦。至于被禁闭着的落洼姑娘，更是神思恍惚，不知所云。

阿漕很替小姐担心。小姐被禁闭着，连饭也不给她吃。这家里的人们，都惧怕夫人，绝对不敢送饭给她。把那么可爱的一个小姐，使蛮劲拖走。阿漕在胸中回忆这光景，但觉肝肠断绝。

小姐曾经希望即刻获得和一般人同样的身份，如愿以偿地复仇雪耻。现在都变成空想。想起了不胜悲痛。

况且，少将今夜还是会来的吧。他听到了这种情况，不知作何感想。阿漕觉得仿佛和小姐死别了。她胸怀忧郁，周身疲乏。阿漕所使唤的名叫露的丫鬟，也垂头丧气。

落洼姑娘关在里面，独自思量：如果就此死了，不能再和可恋的少将谈话了。她曾和他立下生死为夫妇的誓愿，想起了徒增悲切。昨夜帮我拉住缝衣的那个人的面影，清楚地出现在眼前，非常可爱。不知我前世犯了什么罪孽，必须遭受这样的苦难。晚娘虐待前房子女，是世间见惯之事。连生身的亲父也同样地冷酷，这不幸真是无以复加了。

这天晚上少将来了，从阿漕那里听到了这件事的情况，脸色都变了。他想，不知小姐作何感想，这种事情都是由我而发生的。他唉声叹气，对阿漕说："你悄悄地设法替我传言：我只想早些前来和她会面，岂知事出意外，像做梦一般茫然若失了。我总要设法和她会面，实在难于忍受。"

阿漕脱下了触目的衣服，穿一身旧衣，撩起裙子，从厢房那边绕过去，走到贮藏室门口。

人都睡静了。她轻轻地敲敲门，里面肃静无声。她低声地叫："小姐睡着了吗？我是阿漕。"小姐隐隐地听见了这声音，悄悄地走到门口来："你怎么会来的？"未开言先已哭了。"我痛苦不堪，怎么会遭到这样的苦难啊！"没有说完，已经泣不成声。

阿漕也哭泣着，说道："我今天早上起就在这贮藏室附近彷徨，但是无论如何也不能走进来，实在苦恼得很。原来夫人是向老爷这样诬告的。"便把详细情况一一告诉她。小姐听了，痛哭失声，悲痛不堪。

阿漕又说："我见过少将了。他听到了这种情况，哭个不住。"小姐听到这话，心中欢喜，说道："现在我胸中忧郁不能多说话，只能叫你转告他：

　　我身遭此悲怆劫，
　　今世恐难再见君。

这里充满各种气味：恶臭难当。我因为活着，所以受此灾厄。我真想死了。"说罢就哭。阿漕感到同样的痛苦。生怕有人醒觉，便悄悄地离去了。

少将得到了小姐的回音，悲叹更深，眼泪流个不住。他用衣袖遮住了脸，竭力忍耐。阿漕看了不胜悲恻。

过了一会儿，少将让她再作一次传言："唉！我也想死了！

闻道今宵逢不得，

忧愁苦恨到天明。

此情只能独自思量，无可言宣。"

阿漕再到贮藏室去，途中不小心，发出一点声音。夫人觉醒了，叫道："贮藏室那边好像有脚步声。什么事？"

阿漕不敢久留，哭哭啼啼地传达了少将的话。说："我立刻要回去了。"小姐说："我也是

料得君情难久续，

此心不复望团圆。"

阿漕没有听完就想逃，对小姐说："夫人已经醒了，正在叫嚣呢。我不能再留了。"少将得此回音，恨不得立刻闯进去，把夫人打死。

少将在带刀那里度过了悲惨的一夜，天明临走时恳切地说："倘有机会可以抢她出来，必须通知我。小姐在里面多么痛苦啊！"

带刀想，这件事和他自己有关，中纳言一定闻知。那么他住在阿漕这里，很不相宜，便搭在少将的车子后面，和他一同回去了。

阿漕想设法送食物给小姐。她想象小姐心情何等恶劣。便乘人不知，包了些粢米饭，想设法送进去，可是没有办法。中纳言的最小的儿子三郎君，是个童子，经常和阿漕做伴的。阿漕便问他："姐姐这样地被关在里头，你觉得可怜吗？"三郎君说："哪里会不觉得呢！"阿漕说："那么托你把这封信送进去，对谁都不要说。"三郎君说："拿来！"便拿了信飞奔到贮藏室面前，大声叫喊："把这门打开来！快点！"

夫人骂道："无论如何不可以开！"三郎君说："我的木屐掉在这里面了，我要拿它出来呀！"他拼命地在门口顿脚，发出很大的声音。

中纳言因为这是幼子，非常宠爱他，说道："你又要穿了木屐大出风头了。快点给他开了吧。"夫人厉声说道："等一下会开的，你乘便进去拿吧。"

这孩子撒起娇来，大声嚷道："不给我开，我要打破它。"中纳言就亲自出来给他把门开了。

三郎君并不找木屐，蹲下身去，说道："不知道哪里去了。"就在此时顺利地把信交付给落洼。失望似的走出来，说道："真奇怪，这里没有呢。"夫人说："叫你不要瞎吵呀！"在他身上拍一下，推他出去。

落洼在隙缝里射进来的日光中看这封信。原来是阿漕写的，她叙述着种种苦情，又添附着少许食物。但落洼由于悲愤，食欲衰减，一点也不想吃。

夫人一天只给她吃一次。但念她的裁缝手段高明，不叫她做有些可惜，就趁无人在旁的时候，把那个典药助叫来，对他说道："由于这样的缘故，发生了这样的事情，我已经把落洼关闭起来了。你就做那样的准备吧。"典药助听了这话，感激不尽。他想，这是再好没有的事了。牙齿落光了的嘴巴，咧到了耳根子上，快活死了。

夫人说："那么今夜你就到落洼住的那间贮藏室里去吧。"万事和他预先约定。正在此时，有人来了，两人就分手。

少将派人送一封信给阿漕，信中说道："怎样了？那贮藏室还是不开吗？我很气愤。如果有了带她出来的机会，务望立刻通知我。再者，这封信如果可以送进去，望转交。万一能够得到回信，幸甚。想象小姐现在的情况，心中焦灼万分。"

少将给小姐本人的信中，写着缠绵悱恻的情思，内云："想起了你给我那封凄凉的信，不知如何是好。然而，

此身不死终当会，

莫说生年有尽时。

务请振作精神，我竟想和你一起关进在里头才好。"

带刀也来信，说道："我仔细想想此次的事件，心情忧郁，只得一天到晚躺着。这种事情都是由于我的失策所引起的，不知小姐对我作何感想，每念及此，深感抱歉，实在对她不起。

我很想出家做了和尚才好。"

阿漕写回信给少将，说道："收到来示，十分感谢。但怎样可以使你们相会呢？非但那门一直锁闭着，而且监视得更加严密了。来信当设法送进去。务求取得小姐的回信。"她复带刀的信中，也诉说了同样的苦痛的情况。

话还须继续说下去。在第二卷中更有种种详细的情况。

卷 二

　　且说阿漕拿了少将回信，在那里等待机会，想把它送进去。然而那门完全无法打开，困难极了。另一方面，少将和带刀，只管在筹策抢出小姐来的计划呢。

　　阿漕她想起了小姐由于她的缘故而遭受此难，对她的怜惜之情越发增多。她希望早点把她抢出来，让这继母碰个钉子，弄得狼狈不堪。她这样想，有时也和亲近的人商谈。

　　少将是个复仇之心很强而思虑深远的人。这时候，前几天替小姐做帮手的那个叫少纳言的侍女，送来交野少将的情书，知道小姐这样地被禁闭着，不胜吃惊，想起小姐不知怎么样了，觉得非常伤心。世间怎么会有这样无情的惨状！她和阿漕两人一起偷偷地啜泣。

　　直到日暮，阿漕只管在考虑如何可以早些把少将的信送进去。

夫人想找个人替藏人少将缝个笛子的袋，以为某人是会缝的，然而其人不懂得如何缝法，急得毫无办法。困难之极，终于只得打开了贮藏室的门，走进去对落洼说："替我把这个立刻缝起来。"

落洼姑娘说："我身体非常不好。"只管躺着。夫人骂道："你如果不缝，我要带你到那边的小贮藏室里，把你关进里面。给你住在这贮藏室里，就是为了要你做这些活儿的缘故呀！"

落洼恐怕她真会使出这样的手段来，虽然痛苦不堪，只得勉强起来缝制。

阿漕看见贮藏室的门开了，便把那个三郎君叫来，对他说："小官人，你每次都听我的话，现在我再托你一件事：请你把这个，趁夫人看不见的时候，悄悄地送给落洼姑娘。一定不可让人知道！"

"嗯，好。"三郎君接过了那东西，走进贮藏室里，在落洼姑娘旁边弄弄那支笛，偷偷地把信塞在她的衣服底下了。

落洼姑娘想早点儿看信，然而没有机会。好容易把袋缝好了。夫人进来把它拿了就走。这时候她才能看信，看了觉得非常可恋。想写回信，可是笔砚都没有。就用手头的针来写：

"我心幽恨难传达，
　直任微躯逐露消。

我正在这样想呢。"写好藏了起来。

这时候夫人又转来了，对她说："那只袋缝得很好。我说把这门开着吧，但是父亲不许。"想立刻把门关上加锁，落洼姑娘向她请愿："请对阿漕说，叫她把那边房间里的箱子拿来。"

夫人叫阿漕："她说要那只梳头箱子。"阿漕慌忙地把箱子送来了。乘此机会，小姐把写好的信塞在阿漕手里，阿漕悄悄地走了。

阿漕把信送交少将，又在信上添写道："夫人叫她缝笛子的袋，好容易有机会开了门。"少将看了信，越发可怜她了。

天色暮了。夫人的那个叔父典药助，专心致志，盼望早一刻也好，坐立不安，便走到阿漕那里，装出讨厌的笑容，对她说道："阿漕，从今以后，你要好好地照顾我这老爹了！"

阿漕觉得讨厌之极，问他："这是什么意思呀！"典药助说："咦！上头已经把落洼姑娘许给我了。你不是她的随身吗？"

阿漕听了，吃了一惊，吓得几乎流下泪来。但她故意装出平静的样子，说道："原来如此。落洼姑娘没有人做伴，很寂寞。这样是再好没有的了。但不知是老爷答应你的，还是夫人答应你的。"

"啊，老爷是照顾我的。夫人更不必说。"典药助满心欢喜。

阿漕想，这是小姐的一件切身大事。但是，怎么办呢？总得把这件事让少将知道。她心中焦灼，再问典药助："那么，哪一天恭喜呢？"典药助回答："就是今天晚上呀。"阿漕说："不过，今天是姑娘的禁忌日子呢。你怎么知道是今天呢?"典药助说:"不过, 既然有了情人, 日子迁延是危险的, 还是早一点好。"

阿漕听了这话, 异常担心。正好此时夫人有事到老爷那里去了, 她就乘机走到贮藏室门口, 敲敲门。小姐在里面问:"是谁?"阿漕低声对她说道:"有这样的一件大事发生了, 请你当心……我骗他今天是你的禁忌日子。这件事不得了, 怎么办呢!"说过之后, 悄悄地走开了。

小姐听了这话, 吓了一跳, 不知道怎样才好。这样一看, 这件事来得太凶, 和以前的忧患不可比拟的。但又没有地方可以逃避。想来想去, 只有死路一条。她心如刀割, 俯伏着吞声饮泣。

天已黑了。外面射进灯光来。中纳言有早寝之癖, 早已睡着了。

夫人和典药助有约, 起身出来, 开了贮藏室的门, 一看, 落洼俯伏在那里哭泣, 说道:"这算什么? 为什么这样地哭?"落洼答道:"我胸中闷得很。"夫人说:"啊, 可怜, 也许是积滞, 叫典药助来诊病吧。"落洼觉得夫人很讨厌, 答道:"哪里的话, 我是伤风, 不必请医生的。"夫人说:"胸部的病, 是重要的呢。"这时候典药助来了。

夫人叫他:"到这里来!"他蹒跚地走到夫人身边。夫人对他说:"这孩子胸部不舒服, 你摸摸看, 是食滞还是什么, 给她吃点茶。"说过之后, 就把落洼交给典药助, 回去了。

典药助对落洼说:"我是医生。会很快把你的病医好。从今夜起,请你信任我。"他伸手想去摸落洼的胸脯,落洼大声哭喊。然而没有一个人来管这些事。落洼无法可想,哭哭啼啼地对他说:"你照顾我,我很感谢。但是我现在痛苦得很,什么事也不懂了。"典药助说:"是这样吗?为什么这样痛苦?鄙人来代你生病吧。"便拥抱她。

夫人看见典药助已经进去,便安心了,她锁也没有上,回去睡觉了。

阿漕料想典药助要进去,焦灼得很,走来一看,果然,那门开着一条缝。她吓了一跳,然而幸喜未上锁,连忙推门进去,看见典药助蹲着。她想,这个人果然来了,便对他说:"我对你说过,她今天是禁忌日子,你怎么来了?你这个人真讨厌!"典药助说:"哪里的话。我倘冒犯她,才是我的不是。但现在只是因为她肚痛,夫人把她交给我,叫我看护的呀!"阿漕看见他还穿着衣服,便放心了。

小姐苦闷之极,不住地哭泣。阿漕看到这可怜的情状,悲叹小姐怎么会碰到这重重的苦难。她看到这种情况,非常担心,生怕发生意外的不幸,觉得悲恻不堪。她说:"吃些温石[1],好吗?"小姐说:"给我吃吧。"阿漕便对典药助说:"既然如此,除了依赖你之外,别无办法了。请你去办些温石来。现在大家都

---

[1] 烧热后裹在布里用以取暖或治病的石头。

已睡觉了，我们去讨，是没有用的。所以，请从这一点事情开始，表示出你的真心来吧。"典药助微笑着说："好，我年纪虽然大了，但是只要信托我，我什么都给办到。即使是山，我也要摇动它。一点点温石，简单得很。你看我这老爹，胸中像火一般热烈呢。"他全力担当。阿漕催他："可以的话，请早点去办吧。"这要求似乎过分了些。但典药助为了要表示爱情，立刻出去找药了。

阿漕透一口气。对小姐说："长年以来，遭受了无限的痛苦。但碰到这种情况，这回还是第一遭。唉，打算怎么办呢？前世犯了什么罪孽，以致遭这灾殃呢？夫人做了这种恶事，不知来世是什么报应。"

小姐说："我实在什么都不知道。我活到现在，真是受罪。痛苦啊，痛苦啊！那个老头子走到我身边来，我真讨厌。快把门关上，不要让他进来。"

阿漕说："不过这样一来，他会生气的。还是要适当地敷衍他一下才好。如果另有可以依赖的人，那么今夜关上了门，明天好告诉这人。但是哪里有呢？现在这些人要接近我们也困难得很。除了求神佛保佑之外，没有办法。"

小姐的确没有可依赖的人。同一血统的姊妹们，都冷酷无情，不可依赖。可依赖的，只有无穷的眼泪和一个阿漕。除此以外，别无办法可想。

小姐对阿漕说："今夜你住在这里。"两人相对悲恸地哭泣。

这时候，典药助拿着托他办的一包温石进来了。小姐有些迷惑，但也只好亲自来接受，心中觉得可怕，又觉得可恨。

那老头子躺下了，想把小姐拉过来。小姐对他说道："啊，你这样是不好的。我痛得剧烈的时候，让我坐着，抑制一下，可以舒服些。来日方长，今夜你就这样睡觉了吧。"她痛得很，透不过气来。

阿漕也对他说："就只是今夜呀。因为是禁忌日。请你就这样睡觉了吧。"典药助觉得这也说得有理，说道："那么，只要你靠在我身上。"他就躺在小姐面前了。小姐虽然讨厌，也只得靠在他身上，吞声哭泣。阿漕看了这样子，觉得讨厌得很。但是，全靠这老头子帮忙，门可以开了，倒也是可喜的。

典药助不久就呼呼地睡着了。他躺着的姿态，和少将一比较，愈加显得丑恶可憎了。

阿漕只管在考虑，怎样可以设法把小姐带出去。

典药助醒了，小姐越发觉得痛苦了。典药助说："啊呀，可怜！偏偏在我来到的晚上，这样地痛苦，真要命。"说着，又睡觉了。

可怕的一夜好容易过去，天亮了。两人都想："好了好了！"阿漕把睡在眼前的老头子摇醒，对他说道："天已经大亮了，请你回去吧。暂时请你对谁也保守秘密。你只要想想来日方长，就一切都要依照这里所说的话去办。"典药助答道："好的。我也是这样想。"他没有睡足，眼睛半开半闭，擦擦那双带眼垢的眼睛，弯着腰回去了。

　　阿漕拉上了门，怀着昨夜在这里的可怕的记忆，急急忙忙地回到自己房间里，带刀已有信来了。信中说道："昨夜我好容易来到这里。门关着，一直没有人来开，无可奈何，只得空自回去。你大概要把我当作薄情的男子了吧。少将这次的伤心模样，教旁人看了实在难过。这是少将写来的信。他今晚想来呢。"

　　阿漕想把这信送进去，此时正是好机会，连忙跑去，恰巧夫人把贮藏室的门关上了。阿漕很失望，只得走回来。在途中碰到典药助，他把给小姐的情书交给阿漕。阿漕高兴得很，拿了情书走回去，对夫人说："这是典药助公公的信，我要送进去。"夫人笑容满面地说："病状已经问清了吗？这样很好。要两人和睦相处才是。"便把门开了。阿漕心中觉得好笑，就把典药助的信和少将的信叠在一起，送了进去。

　　小姐先看少将的信，但见写道："不知怎的，相别的日子多起来，恋情也增加起来。

　　　　思君多少愁和恨，
　　　　唯有淋漓两袖知。

唉！如何是好！"

　　小姐看了此信，不胜喜慰。立刻写回信："你尚且如此，何况于我。

> 忧伤热泪如泉涌，
>
> 忍耻偷生殊可悲。"

那老头子的信，她看也不要看，只在信上添写："交阿漕适当处理。"就把两封信一起交出，阿漕拿了就走。

阿漕拆看典药助的信，但见写道：

"唉呀呀！你昨夜通夜痛苦，实在可怜。我的运气不大好。喂，喂！今天必须有好的颜色给我看。我只要能接近你的身体，便觉寿命延长，返老还童了。喂，喂！

> 莫言老树生机绝，
>
> 再度开花可慰君。

还望多多地怜爱我！"

阿漕看了，觉得难堪。便写回信：

"小姐身体非常不好，绝不能亲自写回信。我代她写：

> 婆娑老树成枯木，
>
> 何日能开悦目花？"

她略觉为难，不知老头子看了会不会生气。但终于就此送给他。那老头子欣然地接受了。

阿漕又写回信给带刀："我也希望你昨夜来，可以把荒唐的事情从头至尾告诉你，聊以慰情。可是做不到。少将的信，好容易送进去了。这里的确发生了困难，详情面告。"

夫人已把落洼交给典药助，不再像以前那样锁门。阿漕觉得很高兴。然而天色渐暮，今夜怎么办呢？她心中焦灼得很。

无论如何，要把门从里面闩好，躲在门里面。她考虑种种办法，务使这门开不开。

那老头子遇见阿漕，问道："小姐身体怎么样？"阿漕答道："唉，还是很痛苦呢。"老头子说："究竟怎么样了？"他说时当作自己的事情那样担心而且忧虑。阿漕向他白了一眼。

一方面，夫人对阿漕说："明天的临时祭，让三小姐去看吧。因为她的夫婿藏人少将是担任舞人的。"便忙忙碌碌地准备一切。阿漕听到这消息，想道：这样，一定有好机会了。胸中的念头像潮水一般涌起来。

她想：一定要避免今天一夜的困难。她在贮藏室的门后面装一个暗闩。这时候里面正喊着要灯台，她便乘机混进去，在门的顶上装一个闩，教人一时摸不到。

里面的落洼正在考虑怎么办。幸而这里有一只巨大的杉木衣橱。她就把它推到门口去，这么一推，那么一推，用力过分，浑身发抖。她向神佛求告：菩萨保佑！切不可让这门打开！

夫人把钥匙交给典药助，对他说："你可在大家睡静了的时候悄悄地走进去。"说着回去睡觉了。

大家睡静之后，典药助带了钥匙，来开门了。小姐听见声音，不知道怎么样了，心惊胆战。典药助把锁打开，想推门进去，那门紧得很，无论如何也推不开。他站起来，蹲下去，手足无措。阿漕从远处窥看，但见典药助拼命地找那个闩，但摸来摸去都摸不到。

"咦，奇怪了。这门里面锁着呢。这般模样，教我这老年人为难了。不过你是上头允许嫁给我的，逃也逃不脱了。"典药助唠唠叨叨地说，但当然没有人回答他。

打，敲，推，拉，那门动也不动。因为是内外两方关住的。典药助这样那样地设法，一直站在门外的冷风中。时值冬夜，他不断地打寒噤。这时候他的肚子不大好，衣服又穿得少了。冷气从衣裾底下透上来，他的小肚子里咕噜咕噜地响起来。

"这是怎么一回事，好像是太冷了。"他唠叨地说，岂知肚子里咕噜咕噜地响了一会儿，发出哗哩哗哩的怪声音来。他用手一摸，已经漏出来了，连忙捧着屁股飞奔出去。这期间他已把锁开脱，便把钥匙带走了。

阿漕看见他带走了钥匙，懊恼得很。但这门终于打不开，却是再好没有的了。她便走近门边，对小姐说："他生了痢疾，逃回去了。不会再来了。你安心睡觉吧。带刀现在在我房间里，给少将的回信我交他带去吧。"说着回去了。

带刀等得厌烦了。对阿漕说："为什么到现在才回来？小姐怎么样了？还是关在贮藏室里吗？真让人担心啊。主人悲伤得厉害，想在半夜里把她偷出来，说叫你考虑办法呢。"

阿漕说："啊呀，非常严厉。每天只有送饭时开一次门。而且恶毒得很，夫人有一个叔父，是一个年纪很老的坏东西，她叫他和小姐同居，今夜也准备叫他到贮藏室里去，把钥匙也交给他了。但因我预先把门的内外都堵塞，那老头子无法打开，身体却受了冷，下起痢来，逃回去了。小姐听说有这样的奸计，害怕得很，胸中忧郁，痛苦得很呢。"阿漕向带刀哭诉。

带刀听了，觉得夫人手段真恶毒，愤怒得很。但想起典药助下痢的话，禁不住好笑。他说："所以主人说要早点把小姐偷出来，对那夫人报仇呀。"

阿漕答道："正好明天全家都出门去看舞蹈，就在这期间来吧。"

带刀说："那真是意想不到的好机会了。天快点亮才好。"这时候天已经亮了。

典药助撒了一裤子屎，狼狈得很，把色情等事丢在一边，忙着洗刷，疲劳之极，就此睡着了。

天已经亮了，带刀连忙回去伺候少将。少将问他情况，他一五一十地报告了。其中说到那个典药助，少将觉得特别可恶，太不成话。他只是推想小姐心中何等痛苦，焦灼不堪。

他对带刀说："这样吧，我暂时离开这里，住到二条的别墅里去。你到那边去把门窗打开，扫除一下。"立刻派带刀去做准备。

少将胸中充满了欢乐的感情，甚至镇静不下来。阿漕也兴奋得很，瞒着人做一切准备。

舞会于午刻举行。中纳言家开出两辆车子，三小姐、四小姐和夫人，乘坐着去观赏。

在混乱之中，夫人来向典药助要钥匙，她说："我担心在我出门期间有人来开门。"就带着钥匙上车去了。阿漕看到夫人这种举动，觉得可恶。

中纳言要看女婿舞蹈，也一同去了。

阿漕看见一大批人扰扰攘攘地出去了，立刻派人去通知带刀。

少将的车子在门前暂时停下，带刀从边门进去，问阿漕："车子来了，停在哪里好？"阿漕说："一直开进来吧。"车子开进来时，有一个留下管家的男子问道："还有什么车子？大家都已出去了呢。"带刀说："没有什么，是侍女们的车子。"不理睬他，只管让车子进来。

留下的侍女，都在自己房里歇息，周围肃静无声。阿漕说："好，快点下车吧。"少将就下车了。

贮藏室的门锁着。少将一看，原来被关在这样的地方，觉得心痛欲裂。他悄悄地走近去，把锁一扭，动也不动，便叫带刀来，把钉在柱上的木条劈掉，门就开了。带刀知趣，立刻退下。

少将看到了小姐的可怜的模样，忍耐不住，立刻抱了她上车。他说："阿漕，你也上车。"

阿漕想起，夫人料想典药助已经把小姐弄到手，觉得可恶至极。她把典药助的两封情书卷起来，放在室中最容易看到的地方，然后提着梳头箱上车了。

轻车飞一般夺门而出，谁都心中充满欢乐的感情。出门之后，就有许多卫兵拥护着走，不久就到达了二条别墅。

这别墅里没有人，毫无顾虑。少将和小姐立刻躺下来休息。二人互相诉说别后的情况，有时哭，有时笑。其中说到下痢的事，少将捧腹大笑。他说："哈哈，这真是一个莫名其妙的登徒子啊！将来那夫人知道了，不知何等吃惊。"谈了一会儿，放心地睡觉了。

带刀也和阿漕去睡了。大家说，今后不必担心了。

傍晚时候，送出晚饭来，带刀殷勤地照料一切。

中纳言看了舞蹈回来，立刻去看落洼的贮藏室，但见门已倒坏，门框的木头也脱落了。大家吃了一惊。贮藏室里，人影也没有。这真是意想不到的事，上上下下骚动起来。

中纳言骂道："这屋子里管家的人一个也没有吗？这样地深入内室，打坏门窗，如此横行不法，难道没有人来阻挡？"便查问管家的是谁。夫人更加懊恼，她气得不知所云。

他们找寻阿漕，不知到哪里去了。打开落洼的房间来看看，原有的帷帘、屏风都不见了。

夫人埋怨三小姐："是阿漕这个贼，趁人们不在家的时候把她偷出去的。那时候我原想立刻把她赶出去，就因为你说她什么好、什么好，留住了她，以致遭了她的毒手。这几天，你在无理地使用一个毫无诚意而欺骗主人的女仆！……"

中纳言把管家的人找来，探问情况。那些人答道："啊呀，我们一点也不知道。大家出门之后，就有一辆挂下门帘的大车子开进来，一会儿就开出去了。"

中纳言说："一定是这辆车子了。女人不会这样地打坏门窗，一定是男人干的行径。到底是哪里的胆大妄为的人，敢在白昼闯进我家来，闹了一场，走掉了？"他痛恨地骂人，然而无补于事了。

夫人看了阿漕留着的典药助的情书，知道典药助还没有和落洼发生关系，愈加动怒了，便把典药助叫来，对他说道："女儿逃走了！我把她托付给你，全无用处，她管自逃走了。而且，你还没有搭上她呢。"说着，把那两封情书给他看，责问他："你看，怎么写这样的情书？"

典药助说："这是没有办法的。前夜她胸中疼痛的时候，非常苦恼，身边也近不得。阿漕也帮着她说，说是禁忌日子，今夜就这样过去吧。啊呀！这是特别困难的事，叫我毫无办法。我只得悄悄地躺着睡觉了。第二天晚上，我鼓起勇气，想去劝导。岂知那门里面闩着，我想推开，总不成功。我站在檐下这样那样地推敲，直到更深，身体受了风寒，肚子里咕噜咕噜地响起来。起初一两次我还忍耐，无论如何总要打开这门。哪晓得这肚子竟肆无忌惮起来。我弄得昏头昏脑，连忙逃出来洗裤子，这时候天已经亮了。完全不是我不会办事的缘故！"他上气不接下气地辩解。夫人觉得好气，又觉得好笑，对他毫无办法。听见他说这番话的侍女们，肚子都笑痛了。

夫人说："算了算了！你到那边去吧。一点事情也托你不得，真是糟糕。我当初托别的人就好了。"

典药助也生气了，咕哝地说："你的话没有道理。我心中想怎样办，着急得很，无奈上了年纪，容易露出丑相来，不料变成了下痢，叫我怎么办呢！我这么大的年纪，还极力耐忍，拼命想打开那扇门呢。"又是引起一阵笑声。

那个三郎君对夫人说："她妈的办法不好。为什么把姐姐关进贮藏室里，而且要把她嫁给这个笨头笨脑的老头子呢？姐姐心里多么难过啊！这里有许多女孩子，我们未来的日子正长，自然要同落洼姐姐互相往来，常常见面的。你这办法太过分了。"这完全是大人模样的口气。

夫人答道："说哪里的话！这种人，无论逃到什么地方，会做出好事情来吗？今后即使碰到了她，会叫孩子们去睬她吗？"

这夫人有三个儿子，长子在当越前守，次子已入僧籍，这童子是第三个儿子。

这样地骚扰了一会儿，毫无办法，大家去睡觉了。

且说二条的别墅里，点起灯来，少将对阿漕说："你把近日来的生活更详细地说给我听听吧。小姐一点也不肯说呢。"阿漕把夫人的性格照实地告诉他，少将觉得这真是一个恶毒的女人。

他又对阿漕说："这里人手太少，很不方便。阿漕，你去找几个好一点的女仆来吧。我本想叫本邸里的侍女到这里来，但那些都是看惯了的，不大有趣。所以，你要出点力才好。因为你年纪轻，人又靠得住。"说着躺下休息了。

少将常常有这样好意的吩咐。谁也安心乐意，睡到日上三竿。

上午，少将要到本邸去的时候，对带刀说："你暂时住在这里，我马上就回来的。"说着出去了。

阿漕写信给那个姨母："因有要事，两三日不通问了。今天有事相烦：请你在一两日之内，物色几个漂亮一点的童子和壮丁。你身边倘有好看的仆役，请暂借一二人。详情面谈。劳驾劳驾。"她这样地拜托了她。

少将未到本邸，知道有人正在谈中纳言家四小姐的婚事："有事奉告：以前所谈的一件事，前日对方又复提及，说年内务必完婚，故请早日送求婚书去。催促甚急。"

少将的母亲在旁，说道："女方催促求婚书，颠倒过来了。不过，以前既已说起过，还是答应了的好。如果谢绝，使对方太难堪了。到了像你的年龄，还是独身，也是不成样子的。"

少将说：“母亲既然如此盼望，就快些给我娶了吧。如果要情书，现在立刻可以写出来。不过，免除了这种情书往还的麻烦，就去招亲，倒是新式的呢。”他一笑就走开了。来到自己的房间里，叫人把日常使用的器具及橱子等物，统统搬运到二条别墅去。

他写一封信给小姐：“你此刻正在做什么？我竟如此关怀你呢。我入宫回来，立刻到你那里。

　　卿家欢乐多如许，
　　广袖包来亦绽开。

今日反而小心谨慎了。”

小姐回信说：“在我是：

　　艰难苦恨多如许，
　　广袖虽宽不可包。”

带刀尽忠竭力地照管一切。

姨母给阿漕的回信是：“我因久不见你，昨天派使者去看你。岂知那家里的人说，你做了坏事，逃走了。那人态度异常凶狠，几乎要打我那使者，好容易逃脱了。我很担心，不知到底发生了什么事情。现在知道你平安无事，我很放心。你托我找用人，让我立刻去物色吧。我身边的侍女，没有能干的。只有我丈夫和泉守的堂妹，现在住在这里，我想此人正好。"

天色已暮，少将回来了。对小姐说："那边四小姐的婚事，今天又有人来说了。他们要我，我想另找一个人去招亲呢。"

落洼说："这样做是不可以的。你如果不要，就该婉言地回报他们。对方多么失望，多么懊恨啊。"

少将说："我是想对那夫人报仇呀。"小姐说："这种事，请你忘记了吧。那四小姐不是毫无可恨之处的吗?"少将说："你真是个柔弱的人。怨恨在你身上不会生根的。这样，我也就舒畅了。"说过就睡觉了。

且说那媒人到中纳言府上去说，婚事已经同意了。全家大喜，忙忙碌碌地准备一切。夫人想：那个落洼姑娘如果在这里，所有的缝纫工作都可以交给她，多方便呢。"唉，佛菩萨，她如果活着，请引导她回来吧。"她一厢情愿地希望。她的三女婿藏人少将，常嫌衣装缝得不好，样子难看。此时夫人就意气消沉，到处寻找裁缝。

中纳言很着急，说道："说过同意了，应该立刻成婚。日子久了，恐要变卦呢。"

终于决定了十二月初五日。十一月底忙于做准备。

三小姐的夫婿问道："新女婿是谁?"三小姐说："听说是左大将的儿子左近卫少将呢。""这个人真是出色的了。我也常常和他会面。他在这里出入，非常适当。"他表示很赞成。夫人觉得很有面子，十分高兴。

少将是因为那夫人实在可恶，总要设法叫她碰个钉子。他仔细考虑，胸有成竹，就故意答应了这件婚事。

二条别墅里，已经住了十多天了。新任的侍女和仆役，来了十几人，真是繁荣幸福。

和泉守的堂妹，得知了情况，就来服务。大家称呼她为兵库。

阿潦升作侍女领导，改名为卫门。这是一个小巧玲珑的可爱的青年侍女。她愉快地来往照料。少将夫妇无限地宠爱这个卫门，是理之当然。

少将的母亲问道："据说有一个人住在二条别墅里，是真的吗？如果这样，怎么又答应到中纳言家去招婿呢？"

少将答道："关于这件事，本想预先奉告，并且把这人带来拜见。但因二条别墅里无人照管，所以暂时不来，真是失礼了。至于所谈中纳言家的婚事，人们都说：一个男子不限定要一个妻子。听说那个中纳言，特别是个多妻主义者。女人有同辈谈谈话，也是好的吧。"他笑着说。

母亲说："唉，这样地娶许多夫人，会发生风波。而且自己也太辛苦。这种事情还是不做的好。住在二条别墅里的人如果合意，就这样好了。我日内想看看呢。"此后母亲常常送东西来，互相通问。

有一次母亲对少将说："二条那个人似乎很好呢。文章、书法，都很擅长。到底是谁家的女儿呀？你就拿这个人作为终身伴侣吧。我也是有女儿的，所以懂得做父母的心情。女儿被人遗弃是很可怜的。"她这样劝谏。

少将说："二条那个人，我决不遗弃。我是此外还要一个。"他笑着回答。

母亲也笑了，说道："啊呀！你说的什么话！你这个人真是莫名其妙的。"

少将的母亲心地善良，相貌也很端正。

匆匆地过了一个月。

女方来通知："招亲的日子是后天，想必是知道的。为慎重起见，再来奉告。"少将回答说："知道了，一定来。"但他心中想，这真好玩了。

少将的母亲的一个兄弟，本来做治部卿的，但世人都把他看作脾气古怪而不明事理的人，和他交往的人一个也没有。这人的长子名叫兵部少辅，是一个白痴。

少将去访问，问道："少辅在家吗？"

他的父亲说："在房间里吧。他走出去人家要笑他，所以他不出门。希望你们引导他，把世故人情教教他。我这个人，年轻时也是这样的。被人家笑，只要能够忍受，也可以去当差的。"

少将笑着安慰他："别说这话。我决不会抛弃他的。"他走进房间里，看见少辅还睡着。他觉得又好气，又好笑，便喊他起来：“喂喂！起来吧！我有几句话要对你说呢。”

少辅伸一伸手脚，打一个大呵欠，然后起身去洗手。

少将对他说：“你为什么一向不到我那里去？”

少辅答道：“我去，人都嗤嗤地笑我，我觉得难为情。”

少将说：“在陌生人家，是难为情的。在我家有什么关系呢。”

接着又说：“你为什么到现在还不娶亲？独身人睡觉，不开心的。”

少辅说：“谁也不来照顾我。独个人睡觉，也无所谓。”

少将说：“那么，你准备永远不娶妻吗？”

少辅说：“现在我在等待，看有谁来照顾我。”

少将说：“那么，我来做个媒人吧。有一个好姑娘呢。”

少辅果然欢喜了，脸上显出笑容来。他的面色异样地白，简直同雪一样。脖子非常长。面孔正是一只马面。鼻子喘气的样子，竟同马一样。哼他一声，把缰绳一拉，立刻就会飞奔出去似的。同这个人面对面，实在不能不笑出来。

他问道：“这便好极了。是谁家的女儿？”

少将说：“是源中纳言家的四小姐。本来说是要嫁给我的。但我因为有一个不能断绝的人，所以想把此人让给你。招婿的日期是后天，请你准备。”

少辅说：“我去代你，对方看出不对，又要笑了。”

少将心中想：这个人真是个笨蛋。但他生怕人笑，这心情是很可怜的，又是很可笑的。他故意装出一本正经的样子，对他说道："有什么可笑呢。你只要去对他们说：'今年秋天我曾经和四小姐私通过。此次听说她要招左近卫少将为婿，此人是我的亲戚，我同他直接谈过了。他说他不能去。免得他们另外找别人做女婿，还不如由你代我去招亲吧，'你只要这样说，他们就不会说是道非。谁会笑你呢？以后你只要天天去，对方就会重视你了。"

少辅说："那么这样也好。"

少将说："你懂了吗？是后天。夜深后前往。"他叮嘱过后就回去了。

少将想想四小姐的心情，也觉得可怜。但是想起她母亲的行径，觉得几十倍的可恶。

少将回到二条别墅，看见落洼姑娘正在观赏雪景。她靠在火炉上，随手拨弄炉中的灰，凝神若有所思。这姿态实在非常美丽。少将便在她面前坐下，但见她在灰上写道：

当时若果徒然死，

少将便接着写下一句：

不得通情梦想劳。

少将又吟一诗：

炉中埋火长温暖，

汝入我怀爱永深。

说着，就抱着她睡觉了。小姐笑道："呀！你真了不起，会抱炉火。"

且说中纳言家中，到了结婚的那一天，一切准备尽善尽美。到了当天，少将又到少辅那里，对他说道："事情就在今天了。戌时你必须到那边去。"少辅答道："我也准备这样。"少辅的父亲也如此这般地说了些话。这个顽固的治部卿，绝想不到别人会讨厌他的儿子，说道："你的头脑不灵敏，不会受人称赞的。还是早点去吧。"便替他准备装束，少辅打扮好了就出门。

中纳言家许多人盛装华服，在那里等待。新女婿一进门，立刻被引导到内室里。

第一天，不和众人见面，此人的缺点不被发现。在幽暗的灯光中，反觉得神态高尚优美。侍女们早闻少将英俊，便互相走告道："啊！身长腰细的，神气真好呢！"夫人脸上装出怪相，说道："我好容易招进了这样出色的女婿！我是幸福者。每个女儿都有如意称心的女婿。喂，现在这新女婿，不久就会升作大臣的呢。"她的气焰冲天，听者也都认为的确如此。四小姐不知道他是那么一个呆子，和他一同睡觉了。

天一亮，少辅就回去了。

少将想象昨夜的情形，觉得好笑，对小姐说："中纳言家里昨夜招女婿呢。"小姐问："是谁？"少将说："是我的舅父治部卿的儿子，名叫兵部少辅的，是个好男子，特别是鼻子生得漂亮而被选作女婿的。"小姐笑道："不大有人称赞鼻子漂亮的呢。"少将说："哪里！我称赞这是最漂亮的一点，将来你可以看到。"

他就走到外室里，写信给少辅："怎么样？结婚第二天的情书已经送去了吗？如果没有，可以这样写：

　　一夜夫妻恩爱笃，
　　原来毕竟是空言。"

正好少辅在那里考虑情书如何写法，少将教他，正用得着，就照样写了送去。

少辅给少将一封信，说道："昨夜十分顺利。谁也不笑我，我很高兴。详情见面时奉告。情书还没有送去，蒙你教我，好极，已照样写好送去了。"

少将看了信，觉得好笑得不得了。他想起那女子倒霉，也觉得可怜。但他已经下定决心要复仇，现在如愿以偿，只觉得痛快。落洼也担心这件事，觉得很可怜，但她对少将一句话也不说，只是自己心中觉得好笑，悄悄地对带刀说道："这件事做得真好。"带刀心满意足。

中纳言邸内正在等候情书，使者送来了，连忙接了给四小姐看。四小姐一看，是这样的两句，觉得羞耻难堪，不及放下手中的信，便把它团皱了。

夫人在旁，问道："手迹怎么样？"拿起信来一看，面孔立刻变色，气得要死。她这时候的心情，比较起以前小姐被少将听到了落洼这个名字而感到羞耻时的心情来，痛苦得多吧。

夫人镇静下来，仔细看看，觉得此信和以前每次招婿时所收到的情书完全不同。究竟是怎么一回事？弄得莫名其妙。

中纳言排开众人走来，拿信来看。看是看了。但因眼睛不好，读不出来。他说："好色有名的人，总是用淡墨来写，你们读给我听吧。"夫人把信夺过来，她暗记着从前藏人少将写来的信，便照那样读给他听。中纳言莞尔一笑，说道："啊，这是个风流男子，说得委婉动听，赶快好好地写回信给他吧。"说过之后就回去了。

四小姐见人怕羞，懊恼得很，只是躺着。

夫人愁眉苦脸地对三小姐说："他怎么会说这种话呢？"三小姐答道："无论怎样不称心，总不该说得这么厉害。大概是因为现今一般的恋爱已经陈腐，所以想变一种方式也未可知。真是想不通，不可思议。"夫人自作聪明地说："的确如此。好色的人喜欢做一般人所不做的事。"又说："那么，快点写回信。"

四小姐看见母亲和姊妹们替她焦灼叹气的样子，没有起身的勇气，只管躺着。

夫人说："那么，我来代笔吧。"便写道：

若非老耄无情者，
不解今朝抚慰心。

送了使者贺仪，叫他回去。

四小姐只管躺着，整天不起身。

天色一暮，新女婿立刻来了。夫人说："你看，如果他是不称心的，不会来得这么早。那封信的确是变一种格式。"她兴高采烈地迎接。四小姐虽然怕羞，但是没有办法，只得硬着头皮起来迎接。

新女婿的言谈举止，都不太清楚，有些恍恍惚惚的样子。四小姐回想姐夫藏人少将所说的传闻，百思不得其解，竟想断绝这门亲事。

第三夜的祝宴非常盛大，大厨房里办了各种酒肴，等待贺客来临。

同辈的伴侣姐夫藏人少将，早已来到，在那里等待。还有当代受到特殊恩宠的贵公子们也都来了，所以中纳言亲自出来招待。不久新女婿来到了。

大家起身迎接，新女婿飘飘然地走进来，占据了上座。在辉煌的灯光中，仔细看着，脖子以上十分细小，面孔像敷粉一般雪白，鼻孔朝天张开，这姿态令人看了吃惊。大家知道这就是那个兵部少辅，扑哧扑哧地笑出来。就中藏人少将是个爱笑的人，竟捧腹大笑起来。说道："啊，我道是谁，原来是一匹白面的名驹！"他滑稽地敲敲扇子，站起身来走了。

近日宫中也在嘲笑少辅。他们说："那匹白面的名驹摆脱了缰绳，飞奔出来了！"大家都笑了。所以藏人少将走到内室，说道："怎么会闹出这样的笑话来！"没有说完就又笑了。

中纳言气极了，话也说不出来。他想：是谁在策划的？不觉怒气冲天。但在许多人面前，只得忍耐着，说道："怎么会这样突然地进来的？真想不通。"他责问少辅，少辅照旧茫茫然。中纳言认为这家伙没有办法了，也放下酒杯，站起身来走了。

侍候的仆役不知道有这样的细情，把多余的酒肴吃个干净。厅堂里一个人也没有了。少辅觉得无聊，便从一间进出的门里走进四小姐的房间里去。

夫人得知了这情况，气得发昏。中纳言垂头丧气地说："活到了这年纪，还要碰到这种可耻的事情。"便闭居在房间里了。

四小姐躺在帷帘里面。少辅就钻进去，她无法逃出。众侍女都唉声叹气。做媒人的，非仇非敌，正是四小姐最亲近的乳母，所以毫无办法。看到这状态，谁都悲叹。只有少辅一个人若无其事，准备第四天开始来此长住。他天天睡得很熟。

藏人少将说："有的是人，唉，为什么去拖进一只白面的马来？简直是不成话。和这个白痴做同辈的女婿而在这屋子里出入，实在吃不消。被称为殿上的白驹而不敢在人前出头露面的傻子，怎么会走进这里来？大概是你们巧妙设计办成的吧。"他肆口嘲笑。

三小姐一向不管闲事，此时只是同情妹妹的不幸而叹息。她私下推想：因为是这样的傻子，所以写出那么怪异的情书来。夫人心中的痛苦自不必说了。

到了近午，谁也不替少辅送盥洗水来，早粥也不拿出来，大家置之不顾。四小姐原有许多侍女，但是没有一个人肯来服侍这傻子，呼唤她们也不出来。

少辅没有办法，只管茫然地躺着。四小姐仔细看看他，但见面貌很丑陋，鼻孔几乎可以让人出入。他睡着时大声地呼吸，鼻翼子扇动着。她看了这种怪相，意气消沉，便装作有事的样子，悄悄地溜了出去。夫人已经等得心焦。四小姐向她尽情地诉苦。

夫人责备她："如果你最初就老老实实地把和少辅通奸的事说出来，那么要保守秘密也是可以的。直等到发表婚期，大办喜事，受到说不尽的耻辱，这是什么道理呢？你是由于谁的拉拢而开始和这男子相识的呢？"

四小姐听到这完全意外的话，不堪委屈，哭倒在地。她连世界上有这么一个男子都不知道，现在无中生有地冤枉她，使她无法辩解。她不知道姐夫藏人少将作何感想。世间像女人这样苦恼的人是没有的了。哭也无益。

少辅一直睡着。中纳言说："怪可怜的。送盥洗水给他，送食物给他吃。四小姐如果被这样的人遗弃了，说出去更加没有面子。凡事都是前定的。现在哭骂，无法挽回了。"

夫人怒气冲冲地说："可惜！我的女儿为什么要嫁给这种傻子呢？"

"你不要说这种不通道理的话。外人听见我的女儿竟会被这傻子遗弃，多么丢脸啊！"

"如果这个人不来了，那么外人也许会这样想。现在我真想叫他不要来呢。"

到了午后未时左右，谁也不来睬他，少辅忍耐不住，独自走了。

这天晚上，少辅又贸贸然地来了。四小姐一直在哭，不肯出去。她父亲动怒了，骂道："既然这样嫌恶，为什么和他私通呢？现在已经公开，你准备让你的爹娘和同胞人受到两重的耻辱吗？"他的面孔变色。四小姐虽然嫌恶不堪，只得哭哭啼啼地走到少辅那里去了。

少辅看见四小姐哭，觉得奇怪。一声不响地睡觉了。

于是，四小姐一直悲叹，夫人一直想设法把他们分离，只是顾虑到中纳言的话。四小姐有时晚上来到少辅那里，有时晚上不来，只管悲叹自己的命运。这期间早已有了怀孕的征兆。

夫人愤愤不平地说："藏人少将想生孩子，生不出来，这傻子的种子倒传播了吗？"四小姐听了，觉得确是如此，她只想死。

藏人少将早就预料到的，果然殿上的少爷们嘲笑他了："怎么样？那只白面名驹好吗？正月快到了，请你拉他来出席白马节会吧。岳父岳母对你和对他，哪一个宠爱？"丧失了自尊心的藏人少将，觉得难于忍受。

本来他不把三小姐看作理想的妻子。只因岳父岳母非常优待他，情理难却，只得维持着关系。现在他就想以这件事为借口，断绝这门亲事，不来的晚上渐渐多起来了。于是三小姐也忧愁起来。

在另一方面，二条的别邸里，一天比一天幸福。男的无以复加地钟爱女的。

少将说："你要侍女，任凭多少人也有。邸宅里侍女多，样子好看，而且热闹。"便到处找求好的女子。得人介绍，来了二十多个侍女。

少将夫妇都是心地善良、举止大方的。因此服务的人都快乐。每日的工作很轻松。服装丰富华丽。改名为卫门的阿漕，当了侍女头，照料一切。

带刀把那可笑的白驹的事告诉他的妻子卫门。卫门心中想：那夫人一定气得不堪了。少将要对夫人复仇，现在报应果然来了。她觉得非常痛快。随口回答道："唉！倒霉了。不知道那位夫人作何感想。她一定迁怒于别人，吃她苦头的人不少吧。"

这时候已是十二月底。大将的本邸里派人来说："少将的春衣，你们要早些准备起来。此间因为要办理后宫女御的衣装，忙不过来。"送来许多美好的绢、绫等，还有染料茜草、苏芳、红蓝等，不计其数。夫人原是缝纫好手，立刻开始工作。

又有一个乡下的富人，由于少将的提拔而当了右马弁的，送来五十匹绢，作为谢礼。少将把这绢全部赏赐给仆役。由卫门分配，甚是公允。这二条别邸，原是少将的母亲的财产。母亲生有两个女儿，长女已经入宫当了女御。儿子三人，长子便是这少将，次子现任侍从，是管弦名手。三子还是小孩，已被准许为殿上童子。

这少将从小受到父亲的宠爱。人们也都称赞他。皇帝陛下也宠爱他。所以他无论怎样任性任意，人们都原谅他。说起这少将，父亲只是开颜大笑。所以邸内的人，上上下下，无不慑服于少将的威势。

渐渐到了新春，新年朝见的服装，色彩配合之美自不必说，这都是夫人一手包办的。少将穿了十分满意，去给母亲看。母亲赞赏道："啊，好极了！这个人的手真巧啊！将来这里的女御行大事的时候，一定要她来帮忙。那针脚周密得很呢！"

正月升官的时候，少将晋升为中将，爵位是三位，从此威望更加增大。

且说中纳言家三小姐的夫婿藏人少将，派人来向左大将家的二小姐求婚。中将以前常常对母亲说："这真是个出色的男子。倘要在朝臣之中选女婿，除了此人之外恐怕没有人了。此人前程远大。"

中将心中想：那个继母把这个女婿当作无上之宝。因此之故，虐待他自己的妻子落洼。他想设法破坏他们的关系，让他抛弃三小姐。

中将的母亲做梦也没有想到这种事情。她想，既然中将如此说，可知一定是个出色的人物。便教自己的女儿常常写回信给这个人。那藏人少将对这新的恋人有了希望，对那三小姐就日渐疏远了。

曾经以缝纫好手出名的落洼姑娘走了之后，藏人少将的衣装大都缝得样子很难看。他心中生气，口出怨言，特地替他新做的衣服，也不要穿。他说："怎么样了？从前缝得很好的人哪里去了？"三小姐答道："她有了丈夫，跟丈夫走了。"藏人少将嘲笑道："为什么跟丈夫走呢？大概是这里的苦头吃得不够，所以出走的吧。这邸宅里有没有看得上眼的人呢？"三小姐答道："当然是没有的。没有看得上眼的人。只要看你的冷酷的心，便可知道。"藏人少将说："的确，我失礼了。但这里还有那白面的名驹呢。实在是漂亮的人物，我很佩服。"

此后藏人少将再来，总是口出怨言而归。三小姐忧心忡忡，然而毫无办法。

夫人为了落洼失踪，气愤得很。她总想设法教她碰个钉子。她的怒气冲天。

直到现在，她一向是个幸福者。但她徒然地以招得好女婿自豪。近日来，家中视为至宝的藏人少将，已渐渐地把心移向别处。繁荣幸福的誓愿，变成了世间的笑柄。她这样那样地思索，似觉就要生病了。

正月末日是黄道吉日，烧香很相宜。中纳言家三小姐、四小姐偕同母亲，共乘一辆车子，到清水寺去烧香。

真凑巧，中将和他的夫人，即以前的落洼姑娘，也到清水寺去烧香，在路上相遇了。

中纳言家的车子出发得早，走在前面。因为是微行，所以不用前驱，悄悄地走。

中将家夫妇进香，带着许多随从，非常热闹，开路喝道，威风凛凛地前进。

后面的车子很快，追上了前面的车子。前面车子里的人都觉得讨厌。在微明的火把光中，后面车子里的人从帘子缝里望去，但见前面的车子由于乘坐的人很多，那匹牛喘着气，爬不上坡去。

因此后面的车子受了阻碍，非停下来不可。随从人等都口出怨言。中将在车子里问："是谁家的车子？"从者答曰："是中纳言家的夫人微行进香。"中将想：碰得真巧，他心中非常高兴，就命令前驱的侍从："家人们！叫前面的车子快点走。如果不能走，避到路旁去！"

前驱的人说："那车子的牛力弱，走不动了。"便喊道："让路！让我们好走！"中将接着叫道："如果你们的牛力弱，把你们家里的白面名驹套上去就好了！"他的声音非常神气而又滑稽。

前面车子里的人听了很难堪，叹道："唉！真讨厌！是谁呀？"然而车子还是停在前面。中将的仆从喊："为什么不把车子让在一旁？"便拾起小石子来丢过去。中纳言的仆从生气了，骂道："为什么这样神气活现！倒像是什么大将来了。这里是中纳言家的车子呀！要打，就来打打看！"这里的人说："怎么，中纳言，我们就吓怕了吗？"石子像雨一般丢过去，开始吵架了。

终于中将家的随从集合起来，用力把前面的车子推开，顺利地前进了。这方面前驱和随从很多，所以那方面根本不能对敌。中纳言家的车子的一个轮子陷入了路旁的大沟里，无可奈何，停在那里不动了。起初和他们吵架的人也叹息："同他们吵，真是无聊。"车中的夫人等都觉得倒霉，问道："是谁家去进香？"从人答道："是左大将的儿子中将去进香。这个人现在威势无比，因此看不起我们了。"夫人说："有什么怨恨，要如此几次三番地教我们丢脸。那兵部少辅的事，一定是此人策划的。你不肯来，说声不肯就是了。为什么要拖出全无关系的仇敌一般的人来呢？唉，这个人怎么搞的？"她手摸胸膛，懊恼不堪。

陷在深沟里的轮子，一时弄不出来。许多人设法推动，那轮子稍稍裂开了些。好容易把车子抬起，用绳子将轮子绑好。"唉！几乎翻了车。"车子就嘚嘚地爬上坡去了。

中将的车子先到达清水寺，在舞台旁边停车。过了好一会儿工夫，中纳言家的车子才慢慢地上来。车中人又在嚷了："唉，这可恶的轮子裂开了。"

今天是吉日，堂前的舞台旁，进香的人群集。夫人准备在后门口下车，就把车子赶过去。

中将叫带刀来，对他说："去看看那车子停下来的地方，夺取他们的席位。"带刀追上去一看，那夫人正在叫出她所熟识的和尚来，对他这样说："我们很早就动身来进香。岂知碰到了那个中将的车子，发生了这么一回事，车轮裂开了，以致现在才来到。房间还有吗？我们就要下车了。真是苦得不堪。"

和尚说："这真是岂有此理的事！夫人早有关照，我们好好地准备着。看来，一定是那个中将看见别处没有空席，叫那个坏人来把席位占据去了吧。啊呀，今晚真是弄不好了。"他很抱歉地说。

夫人便催促："那么，快点下车吧。迟了，空席要被抢光了。"一个寺男说："那么，让我去把席位决定下来。"便走进堂内。带刀就在暗中跟着他进去，看清了那座位，飞奔回来，对中将说："好，趁他们没有进去时，我们先去。"小姐便下车。升堂时也带着帷帘，中将不离左右，尽心竭力地照顾她。

中纳言的夫人在中将不曾下车以前急急忙忙地走进堂内，此时那边的人早已下车，步声杂沓、威仪堂皇地进去了。带刀站在先头，排开进香的群众。中纳言家的人生怕迟了，匆忙地走进去，但被中将的随从们阻塞了道路，不得进去。没有办法，只得大家聚成一团，茫然地站立着。只听得那边的人冷笑着叫道："哈哈，进香落后了！只想上前，总是落后。"中纳言家的人听了气得要命。

不能立刻走进去，好容易走到了一处狭窄的地方。起先有一个小和尚在看守这地方。他看见中将家的人进来，以为便是这里的人，就走出去了。

大家就座之后，中将悄悄地向带刀打招呼："他们来了，你嘲笑他们。"中纳言夫人一点也不知道，以为这里是自己的座位。带刀骂道："不得无礼！这是中将家的。"他们呆呆地站住了。中将方面的人看了都好笑。带刀又说："这些人真奇怪，要占座位，叫和尚引导进来好了，何必这样地东撞西撞。唉，真是难为你们了。你们还不如到山脚下的仁王堂里去吧。那里谁也不去，地方都空着呢。"带刀装作不相识的样子，但恐被他们认出，叫几个年轻而活跃的侍者去嘲弄他们。听到的人心中难过，自不必说了。现在回去，不成样子。站着等待，苦不堪言。

暂时站立了一会儿。群众来往杂沓，几乎被人撞倒。慌慌张张地退回到了停车的地方。

如果势力强大，不妨报复一下才回去。然而没有这般力量。

大家足不履地，做梦一般地乘上了车子，懊恼得很，怒气冲天。

"听凭怎样吧！反正只有这一朝，真是千万想不到的。怎么会做出这种样子来呢？他们痛恨中纳言吗？今后不知还有什么毒计呢。"一家人聚集着悲叹。就中四小姐因为被提到她的丈夫白面驹，更觉可耻。

寺里的知客和尚对他们说："到了现在，哪里还有空座呢？有人住着的地方，那些老爷们也要把他们赶走呢。迟到实在是不好的。现在无论如何也没有办法了。只得请你们忍耐一下，在车子里过一夜吧。前路倘是普通人，不妨同他们商量一下。可是他们现在是高贵无比的人物呀！太政大臣对他也要让三分呢。外加他的妹妹又是皇帝宠爱的女御。天下威势被他独占，同他斗不过的。"他说了就走。这里的人毫无办法。

本来准备借房间的，所以来了六个人。现在要在车子里过夜，局促得很，身体动也动不得。这种痛苦，比较起小姐被关闭在贮藏室里时的痛苦来，厉害得多吧。

好容易过了一夜。"等那些坏人没有回去之前，我们先回去吧。"夫人这样催促。然而，修理车轮期间，中将家的人已经上车了。机会不巧，还不如迟一点走，便站定了。中将想：将来夫人回想出来，一点证据也没有，不大有味道，便唤随车的童子过来，命令他："你走到那车子的轮子旁边去，喊一声：'知道后悔了吗？'"

童子不解其意，走过去喊道："知道后悔了吗？"车子里的人问："是谁叫你来说的？"童子答道："是那边车子里的人。"这边车子里的人悄悄地说："对了，是有来历的了。"夫人便回答："没有，没有！有什么后悔？"

童子老实地把这话报告了中将。中将笑着说："可恶的东西！叫她吃点小苦头。小姐在这里她难道不知道吗？"再叫童子去喊："如果再不后悔，再教你碰个钉子。"夫人还想说些话，女儿们阻止她，说不可同他作对，免得没趣。童子便回去了。

小姐听了这件事的经过，劝谏她的丈夫："唉！你这个人真是不懂情理的古怪人。将来父亲会觉得的，你不要说这样的话吧。"中将问："中纳言也乘在这车子里吗？"小姐说："他自己虽然不在，他的女儿们都在里头，是一样的。"中将顽强地说："很好，你现在反而要孝敬他，你父亲自然高兴了。直到现在，你也只有这一次想到他。"

且说夫人回到家里，问她的丈夫中纳言："左大将的儿子中将，对你有怨恨吗？""没有这事。在宫中也常常和我打招呼。"夫人说："那么，有些想不通了。曾经有这样那样的事情。我那时的愤怒，真是有生以来第一遭呢。回来的时候对我们说的话，竟是岂有此理。我要设法报仇才好。"

中纳言答道："唉！我已经老迈，势力日渐衰弱了。而那个人威势强盛，看来就要做大臣呢。报仇等事，你想也不要想吧。碰到这样的事，也是命该如此。况且外间传扬出去，总说是我的妻子担这种耻辱，又何必呢。"他说着，摇头叹气。

到了六月里。

中将硬要母亲把妹妹二小姐嫁给藏人少将。中纳言家的人听到了这消息，大家气得死去活来。

"他这办法，分明是欺侮我们。我要做了活鬼，去向他索命!"夫人愤怒之极，两个指头在膝上敲打，耸耸肩膀。

二条别邸里的小姐想："藏人少将是他们那么器重的女婿，现在他们一定非常痛惜，真是可怜了。"

婚礼第三日之夜给新郎穿的服装，因为二条小姐手段高明，所以托她办理。二条小姐匆忙地染绢，裁缝，回想起了从前苦难日里的情况，不胜悲戚，不免吟诗述怀：

> 穿者仍是君，缝者同是妾。
>
> 回忆离家时，悲心何抑郁。

新装缝得非常美好，完成之后，送到本邸。大将的夫人看了，满心欢喜。中将也觉得非常满意。

中将遇见藏人少将时，对他说道："我早就闻知，那边的人非常重视你，我实在很对不起了。不过，我原本是为了希望和你建立亲密的关系，所以把愚妹嫁给你。务请你不要辜负那边的人，依旧怜爱她。"

藏人少将答道："唉，这件事不必说了。喏，你只要看着，自会知道。自今以后，我决不再同他们通问。我闻知你对我有这样的好感以后，就真心地信赖你。"看来他是要完全抛弃那三小姐了。

这边对他的招待，新娘的人品，都很优异，和那边不能相比。从此藏人少将绝不再到中纳言家去了。因此那夫人焦灼痛恨，饭也不想吃。

中将的二条邸内，齐集着许多美丽的侍女，个个都受主人宠用。从前在中纳言家服务的侍女少纳言，完全不知道这就是从前的落洼姑娘的家里，有一天受一个名叫弁君的侍女引导，前来观瞻。

做了中将夫人的落洼，从帘子里望出来，看见了侍女少纳言，觉得很可亲爱，又很奇妙。便把卫门[1]唤来，叫她去对侍女少纳言说："我当是别人，原来是你！从前的亲切，我一点也不忘记。只因对世间顾忌很多，所以没有把我的情形告诉你。但心中常常挂念，不知你近况如何。来，你到这里来吧。"

侍女少纳言因为万万料不到，吃了一惊，就像近来新到的侍女一样谨慎小心，不知不觉地放下了遮面的扇子，觉得像做梦一般。她膝行上前来叩问道："这是怎么一回事？是谁叫你对我这样说的？"

卫门不慌不忙地说："只要看我在这里，你就可想而知了。这就是从前称为落洼姑娘的人。你今天来，我也高兴得不得了。从前亲近的人，一个也没有。我们是太自作主张了。"

侍女少纳言明白了情况，欢喜之极，说道："啊！小姐在这里了，是多么可喜的事啊！我常常想念，时刻不忘。这完全是佛菩萨保佑。"

---

[1] 即从前的阿漕。

她说着就来到小姐面前。从前被关闭在那黑暗的房间里时的景象，浮现到她脑际来。她看见小姐容颜端庄美丽，仪态万方，觉得她是非常幸福的人。

小姐身边的青年侍女们，都穿着新衣，个个都是美人。十几个人聚集在身旁，谈笑取乐。这景象真是豪华！

侍女们说："那个人一到，夫人立刻召唤她到面前来，是什么缘故呢？我们都不是这样的。"她们都羡慕她。夫人莞然地笑道："是的，这个人是有一点缘故的。"

侍女少纳言心中想："这个人生得如此美貌，所以比起父母一心地疼爱的别的姊妹来，出人头地。"她在众人面前，只是说些称颂赞慕的话。看见旁边没有人了，就把中纳言家的情况详细告诉夫人。

少纳言讲到落洼姑娘逃出之后夫人和典药助的问答，卫门笑得两手按住肚皮。少纳言说："关于这一次招婿，夫人听了外间传说的丑恶，气得死去活来，这也是因果报应吧。现在已经怀了孕。过去那么得意的夫人，现在垂头丧气了。"

夫人说："这是四小姐的夫婿吧，很奇妙哩，这里的人常常在称赞他，说他那鼻子长得最漂亮呢。"

少纳言答道："这是嘲笑他呀。他的鼻子长得最难看。呼吸的时候，两个鼻孔张开，左右可以建造两间厢房，中间建造一所正厅呢。"

夫人说："唉！真是稀奇古怪。这教人多么难堪啊。"

正在谈话的时候，中将从宫中喝得大醉回来了。他的面孔绯红，笑容可掬，说道："今夜被召赴会演奏管弦乐，东一杯，西一杯，实在吃不消。我吹笛，皇上赏赐一件衣服呢。"便把衣服给夫人看，是红色的，熏香扑鼻。他把衣服披在夫人肩上，说："这是给你的褒奖。"夫人笑道："我有什么好褒奖？"

中将忽然看到了侍女少纳言，惊讶道："这不是那边的人吗？"夫人答道："是的。"中将笑道："哈哈，怎么会到这里来了？关于那个交野少将的别有趣味的风情话，后来怎么样，我想听听呢。"

少纳言竟完全想不起自己曾经讲过这话。她想，究竟是怎么一回事？呆然地俯伏在地上了。

中将说："疲劳得很，睡吧。"两人便走进寝室去。

少纳言仔细思量：这男子真是相貌堂堂，丰姿卓绝，而且真心地宠爱他的夫人。有善报的人真是幸福。

正在这样那样的期间，且说有一位只有一个女儿的右大臣，本想把这女儿送入宫中，但念自己死后叫她怎么办，很不放心。这个中将，他平时常常遇见，而且曾经试探过，觉得是个具有真心实意而可信托的人。把女儿嫁给这个人吧。听说他已有一个恋人，但是并非名门出身的女子，不是抛弃不了的正妻。他近来常常这样想而特别注意，终于确信这是一个再好没有的男子，不久就会飞黄腾达的。于是找一个稍有关系的人，叫他把这意思告诉中将的乳母。

乳母劝导中将："对方这么这么说。这真是一件十分美满的亲事。"

中将说："倘是我独身的时候，这些话真是可感谢的。但是现在我已经有了夫人，你就给我去回报他们吧。"说着，站起身来走了。

但乳母年纪老了，只管自作自主。她想：二条那位夫人，没有爹娘，只依靠中将一人。而那个呢，有体面的娘家，受到优异的宠爱。这真是再好没有的事。她就不照中将的意思，回复他们道："这真是一件好事。不久就要选定一个日子，送上求婚书来。"

右大臣家只知道对方已经同意，就赶快准备。一切用具都新制起来。招收了许多年轻侍女。各方面都尽心竭力。

有一个人悄悄地问卫门："你们的中将要到右大臣家去招婿了，这里的夫人知道了吗？"卫门意想不到，答道："并没有这回事，是真的吗？"那人说："完全是真的。听说日子就在四月里，对方正在忙着做准备呢。"

卫门告诉夫人："有这么一回事。你知道了吗？"夫人心中吃惊，这难道是真的吗？她说道："我不曾听到过。是谁说的？""是本邸里的人从可靠方面听来的。明确地说是这个月里。"

夫人私下推想，既是本邸里的人说的，那么也许是中将的母亲做主的，亦未可知。长辈强迫他如此，不得不答应吧。她觉得不快，但表面上不露声色，且等待着，日内中将总会向她泄露的吧。她一句话也不说。

她虽然想隐藏，但不快的心情，多少总会在脸色上表现出来。

中将便问："你有什么担心的事吗？从你的样子可以看得出来。我不像普通男子一样在口头上说想念、不忘、恋慕等甜言蜜语。只是一向顾虑到：千万不可使你忧愁不乐。这几天你实在有忧愁的模样，使得我非常担心。我推想你是在恨我吧。那天倾盆大雨之中，我冒着艰难出门，被人嘲骂为盗贼，你记得吗？这是难忘的结婚第三日之夜呀？我到底有了什么薄情的行为？请你说说看。"

夫人答道："我什么也不想。"中将恨恨地说："但你的样子，使我难堪。真是想不通。"夫人答道：

> 君心悬隔如棉叶，
> 不知重叠几多层。

中将听了这诗句，说道："唉，不好了，原来确是有心事。"便答道：

> "重重叠叠槟榔叶，
> 我思君首唯一人。

你听到了什么不爱听的话？请告诉我吧。"但因无明确的事实，所以夫人一句话也不说。

第二天早上，卫门对带刀说："听说有这么一回事。你一点也没有告诉我，岂有此理！这是不能永远隐瞒的呀！"她很痛恨。带刀答道："我一直没有听到过这种话。""连别人也听到了，对这里的侍女们说了一些可惜的话呢。你是不会不知道的。""笑话了。好，且看我们主人的样子，立刻会知道。"

中将来到二条邸内，夫人正在观赏春庭景色。正好这里有一株艳丽的梅树。中将便折取一枝，送给夫人，说道："请看这梅花，真是美妙的折枝。这很可慰藉忧愁的心情，是不是？"夫人咏道：

> 此身岂有分明恨，
> 只恐君心转变易。

这是根据花而回答的。中将真心地感到可喜而又可怜。他想，毕竟是她听到我有浮薄的心情，所以担心，便对她说："你还是在怀疑我。我一点疚心之事也没有，直到现在我总是这样想。我的心洁白，请你看分明。"又咏诗曰：

> "梅花带雪犹鲜美，
> 直到芳菲散落时。

请你体察我的心情。"夫人答道：

> "风诱梅花飞舞去，
>
> 我身孤零似残枝。

我常想起，我的身世何等可怜！"

中将一直在想，她总是听到了什么话了。正在这时候，带刀的母亲即中将的乳母来了，对中将说：

"前天我把你的话，照样向右大臣家传达了。他们说，你原有的爱人，并非出身特别高贵的人，故今后时时往来，亦无不可。他们说，他们对你家大老爷也说过了，决定在四月内结婚，日子已经迫近了，请你准备。"

中将傲然地笑道："男方已经说过决计不要了，哪有强迫人要之理？无论我这里的人相貌如何不漂亮、身份如何低微，也决不希望有别的人。这种媒人，请你不必做吧。真是岂有此理！况且，你何以知道二条的夫人，不是出身高贵的人？我一点也不讨厌她呀。"

乳母说："这便为难了。你父亲也表示同意，正在忙着做准备呢。好，你看着吧。不管你多么固执，老人家这样指望，你有什么办法呢？况且，你娶了这夫人，可以受到岳父家的重视，欢度荣华富贵的日子，正是现世风光。你原有所爱的人，是另一回事。就请写求婚书给那边的人吧。二条那个人，想必是官职低微人家的女儿，被称为落洼姑娘，受人嫌恶，被关闭在那里的。你把她拾起来，无法无天地宠爱她，真令人想不通。一个女人总须双亲俱存，有人多方爱护，这才体面呢。"

中将带着怒气说："我大约是落后了，并不贪图现世风光的幸福，也不想受人重视，也不希望双亲俱存的女子。落洼也好，起洼也好，都没关系。我已决心永不抛弃她，所以毫无办法了。别人说这种话，还可原谅；连你也说起这种话来，真是岂有此理！如果如此，我要把你过去对我的厚意全部打消。请你看着吧，我就要使二条和你都满足。"

中将表示不要再听她的话，站起身来走了。带刀在一旁，句句听得清楚，恼怒起来，觉得这母亲真讨厌，说道："你为什么说这种话？她虽然没有娘家，但是她的人品高尚，你难道不知道吗？现在这一对夫妻，人力是无论如何也动摇不得的。你把那方面的话说得头头是道，想把他拉到荣华的方面去，有什么好处呢？这是怎么一回事！具有一般人的见识的，不会产生这种无聊的念头。还要说出不知哪里听来的'落洼'两字来。唉，你这做乳母的，年纪大了，头脑不清了。这种事情，如果被二条夫人听到了，她将作何感想呢？今后你切不可说那种话。我们主人对你这样态度，你应该觉得可耻。右大臣家的恩愿，你那样贪图吗？没有这种恩愿，有我们在这里，总会照顾你一个人的。你的欲心如此强盛，是很大的罪过。今后你如果再说这种话，好，你看吧，我就出家做和尚去了。真可恶，拆散人家恩爱夫妻，不是寻常的事呀！"他埋怨他母亲。

母亲说："哪里谈得到这种话！你说拆散人家夫妻，哪里是现在就叫他们分别？"带刀说："你叫他另外娶妻岂不就是这样吗？"

母亲说："唉，不要啰唆了。我说了那件亲事，难道是这样罪大恶极的吗？何必这样大张旗鼓地闹个不休呢？大概是你疼爱自己的老婆，所以说这种话吧。"

母亲心中已在后悔，她想塞住带刀的嘴，所以这样说。但带刀说："好，算了吧！你还要这样强辩！那么，我就去做和尚吧。你为了这件事而必须受罪，我觉得对你不起。做儿子的总要为娘担心的呀。"

带刀拿出一把剃刀来，夹在脚下，说道："今后再说这话，我就把发髻一刀两断。"他说罢便站起身来。

乳母只有带刀这一个独养儿子。被他这样责骂，觉得不能忍受，说道："不要说这种无缘无故的话！把这剃刀拿过来，让我立刻折断它。你要剃发？你剃剃看！"带刀伸出舌头，笑起来。

男的本来是不同意的；自己的儿子又这样地埋怨她。乳母便回心转意，决定把这头亲事不成功的情由向对方报告。

中将想：近来夫人态度异常，原来是听到了这件事的缘故。他回到二条，对她说："你心情不快的原因，好容易知道了，我真高兴！"夫人说："是什么呢？""右大臣家的事，对吗？"夫人微笑着说："不是，你乱说。"中将说："这种事情，真是可恶至极！即使皇帝要把女儿赐给我，我也一定是拒绝的。前几天我已经对你说过：我最怕做薄幸郎。我知道女子最痛苦的事，是男子另有新欢。所以这方面的念头，我已经完全断绝了。今后如果有人说长道短，你决不可以相信。"他郑重地说。夫人答道："有道是：

　　空谈恩爱无凭据，
　　勿使忧伤是至诚。"

　　带刀对卫门说："可见我们主人的心，是决不可疑的。他立下誓愿，终身不会有薄情的行为。"乳母被自己的儿子埋怨了一顿，不再开口。右大臣方面闻知中将已有热爱的人，对这亲事也就断了念头。

　　这样安静地度过理想的幸福生活，这期间夫人怀了孕，中将更加重视她了。

　　四月中，大将的夫人和女御所生的女儿们，叫人搭了看棚，去看葵花节会。

　　母夫人对中将说："二条的那个人，也叫她去看吧。年轻人爱看这种东西。而且我一向不曾见过，常在想念她，现在就趁此机会同她见见面吧。"

　　中将听了这话，非常高兴，说道："不知什么缘故，这个人不像别人那样爱看热闹。让我去劝导她吧。"

他回到二条，就把母亲的话转告夫人。夫人答道："这几天心情又不大好。不管自己样子难看，贸然地出门去看节会，恐怕别的人会因我在场而不快吧。"她表示不想出去的样子。

中将劝道："没有别的人看见的，只有母亲和二妹。这样，就同在我面前一样。""那么就遵命吧。"夫人答应了。

母亲也派人送信来，说："一定要来的！好看的东西，今后我们总要大家一同看才好。"夫人看了这信，从前大家赴石山寺进香、她一人留在家里时的情况，浮现到眼前来，不胜感慨。

一条大路上，建造着桧皮盖顶的漂亮的看棚，棚前铺着白砂，陈列着花木，仿佛是要永久居住的建筑。

当天天一亮就出门。随伴的卫门和侍女少纳言，高兴得好像到了极乐世界。

从前对落洼姑娘略有同情的人，都替她抱不平，痛恨那个继母。这两个人从前同她共甘苦的，现在作为夫人的随身侍女而受到郑重的待遇，心甚感激。

乳母已经听到过关于落洼姑娘的话，这时候立刻恭恭敬敬地走上前去，东张西望，郑重其事地问道："哪一位是我们带刀的女主人？"年轻的侍女们都笑起来。

母夫人说："为什么分隔开，母子是不能分离的。大家亲睦点，这才安心。"便把落洼拉到她自己和二小姐的座上来。仔细看看，落洼的容颜美丽得很，并不亚于自己的女儿和外孙女们。她身穿红绫衫子，罩着红花青花纹的褂子和深红花青花的小褂，端庄地坐着的模样，实在美不可言。这位小姐果然不是凡人。她具有高尚的气品，十二岁的时候，已是一个生气蓬勃的可爱的孩子。二小姐年纪还轻，看见这阿嫂的美丽的姿态，心中感动，和她亲切地谈话。

节会看完了，召唤车子过来，准备回家。中将本想立刻回到二条院。但母夫人对夫人说："这里嘈杂得很，不能随心所欲地谈话。到我那边去吧，可以从容地晤谈两三天。中将为什么急急忙忙地想回去？听我的话吧。这个人很讨厌，不要睬他！"母夫人说笑话。

车子来了。中将夫人和二小姐坐在前面，母夫人坐在后面，其他的人顺次上车。中将另乘一车。长长的行列迤逦地向大将府中进发了。

赶快把正厅西面的厢房布置装饰起来，给中将夫妇居住。本来中将住的西厅旁边的房间，给侍女们住。这招待非常隆重。

父亲大将因为是自己所钟爱的儿子的媳妇，所以对他们的侍女们也另眼看待。逗留了四五天，中将夫人身心安乐，约定缓日再来，拜别公婆，回二条院去。

自从这次会面之后，母夫人对中将夫人更加疼爱了。中将对待夫人，可谓竭尽忠诚。因此夫人确信丈夫的心不会动摇。

有一天她对中将说："现在，我希望能够早点和我的父亲见见面。他年纪那么大了，今日明日都不可知。如果就此永别，我心多么难过！"

中将答道："这也说得有理。不过现在请你暂时忍耐，躲在这里。因为见面之后，他要表示悔过！我想惩罚那个继母，就不可能了。我还想惩罚她一下呢。而且要等我稍稍出头一点之后。哪里！中纳言不会立刻死去的。"

夫人屡次提及，他总是这样回答，因此以后她也不便再说。光阴荏苒，一年已经过去。到了正月十三日，夫人平安地分娩，生了一个男孩。中将非常高兴，屋里只有年轻侍女，觉得不放心，就把自己的乳母即带刀的母亲迎到二条院来，对她说道："万事都同我母亲养我时一样，你来照管吧。"表示完全信任她。

乳母专心地照管浴室的事。夫人看见丈夫这般诚心善意，知道他确已没有少年人那种浮薄之气，心中非常感激。

喜庆的仪式非常盛大。这里从略，一任读者想象吧。单说送来的礼品都是银制的工艺品，就可想而知了。管弦游乐继续了好几天。

这样的盛况，卫门很想叫那个继母来看看。

正好侍女少纳言同时分娩，就叫她来当新生儿的乳母。大家宠爱这位小少爷，把他当作手中之玉。

春季朝廷任职之时，中将升任了中纳言。藏人少将升任了中将。父亲大将兼任左大臣。

父亲升任左大臣后，满心欢喜地说："这孩子出世时，他的父亲和我这个祖父都升了官爵。可见是个好孩子。"

道赖中纳言[1]的名声日渐显赫，兼任了右卫门督。

本来是藏人少将的中将，晋升为宰相。那继母的丈夫中纳言，看见本来的女婿藏人少将如此连续晋升，甚至眼热。他的夫人和三小姐等，即使在他极少顾访的期间，也常常悲叹流泪；到了完全断绝关系的今日，更加妒恨不堪了。然而毫无办法。

道赖中纳言名声日渐高扬，势力日渐增大。他对于落洼的父亲中纳言，常常有侮辱的话。内容相似，姑且从略。

翌年秋天，又生了一个可爱的儿子。左大臣的夫人即祖母说："可爱的孩子接连地诞生，你们太忙了。这回新生的，送到我这里来抚养吧。"就连乳母一起迎到本邸来。

带刀当了左卫门尉，由藏人任用。

这样，一切都已圆满充实。只是还不能叫父亲中纳言知道，夫人感到不满。

落洼的母亲在世时有一所房屋，住在三条地方，建筑式样很漂亮。这该是落洼所有的。但中纳言说："那人已经死了，这房子归了我吧。"夫人说："当然啰！她即使活着，也不应该有这样漂亮的房子。这房子很宽敞，让我和孩子们住，倒是正好。"就打算使用地方庄园缴纳来的两年的财力，着手建筑，全部刷新，又加改造，一切都已动工了。

今年举行的加茂节会，听说非常好看。道赖中纳言说家里

---

[1]　为了避免混同，以后称落洼的丈夫为道赖中纳言。

的人都很寂寞，叫大家去看，连侍女们都去。于是趁早新办车子，给大家新制衣服，一切都很讲究，准备非常忙碌。不久节会的日子到了。

预先在一条大路上沿路打木桩，行车时可以不受别人阻碍。车子的行列徐徐地前进。

前车五辆，连侍女共乘二十人；后车二辆，乘的是童子四人，工役四人。道赖中纳言与夫人共乘，前驱者有许多四位、五位的殿上人。道赖中纳言的兄弟，本来是侍从，现在已升任少将。最小的兄弟已是兵卫佐。这两个兄弟也跟哥哥一同去游览。因此车子前后共有二十辆，都照顺序前进。

道赖中纳言从车子里向外探望，看见打着木桩的那一头，有一辆棕毛车和一辆竹帘车停着。停车的时候，中纳言命令："男车不要太离开，和女车并列起来，要朝着大路，停在南北两面才好。"

人们说："要叫那边的车子稍微让开些，这里的车子才能停下来。"但那边的车子颇有难色，一动也不动。道赖中纳言问道："是谁家的车子?"人们回答说是源中纳言家的车子。道赖说："中纳言也好，大纳言也好，地方尽管有，为什么看清了这打着木桩的地方而停车呢? 叫他们稍稍退开些。"

仆役们立刻聚集拢来，动手去推那两辆车子。那边的从者挺身而出，骂道："这些人为什么这样粗暴！真是神气活现的奴才。你们所仗着威势的主人，也不过是个中纳言吧。不可把这条大路全部占领。真是无法无天！"

这边嘴强的人回骂道:"即使是上皇,是太子,是斋宫,对我们的主人都要让路呢,你们不知道吗?"另一人说:"你们说我们也是中纳言吗?不要把我们的主人一概而论吧。"

互相争执,车子终于不肯退让。这样,这里的车子自然不能全部进入。道赖中纳言便对随身的左卫门藏人带刀说:"你去安排一下,教他们稍微退向那边些。"带刀走上前去,那车子的人不说答应不答应,便立刻退开了。

源中纳言方面,随从的人很少,所以不能抵制。前驱者三四人,相与告道:"没有办法。这场争吵毫无意思。即使有勇气踢伤太政大臣的屁股,敢用一根手指去碰一碰这位老爷的饲牛人吗?"大家没得话说,悄悄地把车子拉向人家的门里去了。

他们只是隔着帘子窥看这边的人,觉得表面上好像很可怕,而实际上非常和蔼可亲,这正是这位道赖中纳言的天性。

那边车子里的人都唉声叹气地说:"唉!真没趣!照这样子,怎么能报复呢。"

这时候那个叫作典药助的傻老头子自得其乐地走上前来,骂道:"这件事,不能随随便便地听他们说。如果我们的车子停到木桩里头去,果然没得话说;但现在是停在木桩外头,为什么要受干涉呢?不要后悔,来,现在就去报复吧。"

带刀看见是典药助,年来本想看看这家伙。哈,真好极了!道赖中纳言也看到了典药助,说道:"喂,带刀,为什么听凭他这样说?"带刀知情,对一个强壮的仆役使个眼色,此人便上前去对他说:"什么?你说不要后悔,想把我们的主人怎么样?"挥动那把长扇,立刻把典药助的帽子打落了。一看,他的头发屈曲地打着一个髻,脑门上全秃,闪闪发光,看的人哈哈大笑。

典药助面孔涨得通红,用衣袖遮住头,想逃进车子里去,这里的男子们跟上去,用脚把他乱踢,骂道:"要报复吗?怎么样?怎么样?"典药助高声叫喊:"饶命饶命!我要死了!"打得太厉害了,使他透不过气来。

道赖中纳言连忙制止:"算了,算了。"典药助被打得昏头昏脑,卧倒在地。那边的人们把他拖上车去,连车子一起退避了。源中纳言家的男仆们都吓得发抖,不敢走出车子外面来。

这车子逃避得很远,仿佛不是一家似的。这边的仆役们干脆把这车子拉到离开大道的小路上,放在路的中央。他们才敢走出来,推动车子。样子显得十分尴尬。

车子里,源中纳言的夫人说:"看完了,回去吧。"便把牛套上,准备回去。道赖家的男仆们把他们先登的车子上联结车篷的绳索剪断。这车子来到大路中央,车篷翻落了。路旁的闲人见了,都捧腹大笑。随车的男仆们由于过分慌张,弄得手足无措,一时装不起车篷来,唉声叹气地说道:"唉!今天诸事不如意,是个不吉利的日子,受到这般说不出的侮辱!"

乘车的人心情之恶劣,可想而知了。总之,大家吞声饮泣。就中那个夫人,叫女儿们坐在前头,自己坐在后面,因此车篷翻落时,那棍子掉下来,正好压在她手臂上,痛不可忍,高声哭叫起来："唉，作了什么孽，碰到这样的事！"她的女儿们制止她："静点，静点！"好容易侍奉的人们赶上来，看了这情况，大为吃惊，吩咐道："把夫人的身体抬起来吧。"旁观的人们说："这些真是不会乘车的人。"都嘲笑他们。

因为太没面子了，连仆役们也都默默不语，你望望我，我望望你，茫茫然地站着。好容易车子修好了，拉到大路上。夫人在车子里"啊唷，啊唷"地喊痛，只得叫牛慢慢地走，好容易回到了家里。夫人靠在别人肩上，走下车来，眼睛已经哭肿。

源中纳言看见了，吃惊地问："怎么了？怎么了？"他听了这事情的经过，懊恨不堪，说道："受到这种耻辱，真是无话可说。我去做和尚吧！"他口头这样说，但为了可怜他的妻子，不能实行。

外间把这件事传为笑柄。道赖中纳言的父亲左大臣听到了，问道："这传闻是真的吗？为什么叫女车吃这样的苦头？听说这是二条邸内的人带头的。为什么做这样的事？"

道赖答道："哪里。并没有这么厉害。是为了那边的车子停在打木桩的地方。仆役们责问他们：有的是空地，为什么定要停在这里，这就引起了一场争吵。他们把对方的车子的篷剪断了。至于打架，是为了对方的人出言无礼，被这里的人打落了帽子，露出光头来。事情的经过，弟弟少将和佐兵卫当然都看到，不会假造的。这边的人不会无法无天的。"

父亲只是说道："不可以被人非难。我也是这样想：你大概不会的。"

道赖中纳言的夫人，闻知此事，觉得不好意思，唉声叹气。卫门安慰她道："不过，你也不必太懊恼。这些都是无聊的事。如果你父亲在里头，固然不大好。但现在是敲打那个典药助，是对他从前那种行为的惩罚呀。"

夫人责备她道："唉，你这个人好凶！你不要来服侍我，去跟中纳言吧。他正好是同你一样狠心的人。"

卫门说："那么我就去服侍主人吧。我想做的事，他都给我做了。他的确是比你更重要的人。"

源中纳言家的夫人，为了此事而气疯了。她的子女们替她求神拜佛，好容易渐渐复健。

卷 三

　　源中纳言家接连地碰到倒霉的事，但另一方面三条的邸宅顺利地完工了，定于六月中迁居。他们认为最近接连地发生不祥的事件，是这里的房屋方向不利之故，迁居会好些。所以他们忙着准备带女儿们迁居过去。

　　卫门不知从哪里听到了这消息，趁主人空闲的时间，向他报告："听说三条的邸宅已经修筑得很好，他们一家就要迁居进去。夫人的已故的母亲，曾经屡次对夫人说，叫她住在这邸宅，不可放弃给别人，因为这屋子很幽雅，可给父亲养老。他们看得好，就这样地霸占去了。总要想个办法，不让他们自作主张才好。"

　　主人问道："有地契吗？"卫门说："当然我们手里有地契。"主人说："嗯，那么很容易说话。他们哪一天迁居，你去打听清楚。"

夫人埋怨："又要干什么花样了。卫门这个人变坏了。主人的性情本来已经如此,你还要去煽惑他。"卫门说："有什么坏呢?这是不通道理的事情呀,有什么办法呢。"

主人说："什么都不要说了。夫人是个没有气性的人。虐待她的人,她还说人家可怜。"夫人灰心地说："归根到底,谁都要责备我。"道赖故意把话头岔开："哪里有这种话!"就站起身来走了。

到了下个月,卫门若无其事地向人打听:"哪一天乔迁?"知道是本月十九日,便把这消息报告主人。主人说:"好,那一天,这里的人大家一起进去。为此,要多来几个年轻的侍女。那中纳言家有没有相当的人?如果有,不管哪一个,都叫到这里来。让他们气死吧。"卫门答道:"这便好极了!"

卫门心中的快活,在眼梢口角上流露出来。主人想:这个人的想法倒是同我一样的。便一切瞒过夫人,悄悄地同她商谈。

对夫人只是这样说:"某人有一所良好的住宅,我们已经弄到手,定于本月十九日迁居进去,请你准备各种装束。趁这期间,这里的屋子也可修缮一下。日子快到了,请赶紧些。"便把红绸和染料之类交给她。夫人全然不知道这种企图,便专心一意地忙着准备。

卫门运用手腕,把源中纳言家漂亮的侍女都叫来。其中有夫人身边的叫作侍从的美人,是个文笔很好的侍女。还有三小姐身边的典侍、大夫。外勤侍女中,也有叫作麻吕屋的姣美而上品的女子。卫门早就注意到这些人，现在用各种策略罗致得来，向她们劝诱道："这是现今权势无比的人家。而且主人对底下人特别看得起，照顾周至，你必须来。"

这些都是年轻的人，看见现在的主人已经威势衰落，狼狈不堪，就个个没精打采，只想寻找更好的人家。正在这时候，听到了卫门这番好听的话，知道对方定是当世显赫的富贵之家，就立刻答应，连忙辞职而去。

她们做梦也不曾想到新的主人就是落洼姑娘。更不知道辞职出来新到的地方是同一户人家。她们都不声不响，互相把要去的地方保守秘密。

二条邸内有人出来迎接她们，从一边走过去，大家集中在一起了。

邸内需要的侍从人很多，今天来的人个个都打扮得非常漂亮。大家来到同一地方。在同一地方下车。她们互相看看，觉得很稀奇。

正如传闻所说，这里原有漂亮的侍女二十多人：有五六人穿着白绸单衫、青红花纹长袍、红色裙子；此外有红裙子上罩绫织单衫的，有穿淡紫色长袍的，有穿其他绫织衫子的。她们成群地出来迎接新来的侍女们，使得新来的人难以为情。

主人怕夫人受暑气，自己出来接见。他身穿深红裙子，白绸单衫，上罩罗衣。新来的侍女们都觉得这男子相貌漂亮，神情潇洒，真是一位理想的主人。

主人把个个侍女都看过，说道："都很好。卫门介绍来的，即使稍有缺点，也不计较。"又笑道："哈哈，她是最可信托的人呀。"

卫门说："倘说有缺点，是由于主人不知道详情之故。我一直和夫人在一起，没有工夫和个个人会面。这种过失，要请原谅了。"

大家看看走出来说这话的人，原来是阿漕！她们都吃惊，想道："啊！这个人在这里当着重要的差使了。"卫门故意装作初见面的样子，说道："呀，奇怪得很。好像都是见过面的呢。"大家答道："我们也都这样想。真高兴啊！"

卫门说："长久不见面了，大家隔得远远的，非常寂寞。"正在乐说旧事的时候，但见一个人抱一个三岁模样的白胖孩子从里面走出来，说道："卫门姐姐，在召唤你呢。"一看，此人就是侍女少纳言！大家说道："真好像回到了从前。都是很熟悉的。"于是讲了种种旧话。这不期而遇，每一个人都觉得非常高兴。从前一向熟悉的人，现在聚集在这邸宅里受主人特别重用，大家都觉得是交了好运。

且说源中纳言家定于明日迁入三条邸宅，夫人吩咐把各种家具搬运过去，挂起帘子来，连用人的行李也都搬进去。

道赖中纳言闻知这消息，把家臣但岛守、下野守、卫门佐以及许多仆役召集拢来，命令他们："三条的邸宅，本来是我们所有的，正想迁居过去。那个源中纳言不知怎么一想，认为这是他自己的产业，叫工匠去修筑。我想他总会和我打招呼，我便可和他说理，岂知音信全无。而且听说明天就要迁居进去了。所以你们都到那边去，责问他们：'这是我们的场所，你们不打招呼，擅自迁入，是什么道理？'把他们搬进去的东西全部扣押起来。我们也准备明天迁居过去。所以你们大家立刻就去，看好了房间，就在那里把守。"大家知道了底细，立刻出发了。

走到那里一看，三条的屋子非常漂亮，院子里铺着砂子，有人正在挂帘子呢。

道赖中纳言家的人们雄赳赳地冲将进去。源中纳言家的人们慌张地问："这些人是哪里来的？"一看，知道是道赖家的家臣们。家臣们说："这邸宅是我们主人所有的。你们为什么不得到同意就迁居进来？我们主人说，一只脚也不准你们跨进来。"就不顾一切地走进去，决定了门房间、传达室、休息室等。

源中纳言家的人吓坏了，连忙回去报告："老爷，大事不好了！那边的家臣执事带了许多人来，不许我们进出。听说道赖中纳言明天也要迁过来，门房间、传达室等都已布置好了。"

源中纳言已经老耄，听到这种重大事故，吓得心惊胆战，说道："这是怎么一回事！他们又没有地契，当然是我女儿的屋子。除了这女儿的父母以外，谁能来管领呢？如果落洼活着，还有话可说。现在怎么办呢？不要直接和他们争吵，让我去告诉他父亲吧。"

源中纳言连迁居的事情也忘记了，没精打采地穿戴起衣帽，去拜访左大臣了。到了那里，对守门人说："我有要事禀告大臣，请你传达。"左大臣就接见他，问道："有什么事？"

源中纳言说："为的是三条的邸宅，本来是我所有的产业，最近加以修筑，即将迁居，家人们已将器具搬运进去。岂知令郎派了许多家人来，说：'这是我们主人所有的产业，你们不得到同意而迁居进来，是违法的。我们主人明天就要迁居过来。'我家的人便一个也不能进去。我受此阻碍，不胜惊异，为此前来拜访。那所房子，除了我以外是谁也不能管领的。除非是持有地契的。"他向左大臣哀诉，几乎要哭出来的样子。

左大臣答道："我一点也不知道，实在无从答复。据你所说，小儿道赖是违法的。但这里面恐有缘故，待我向小儿问明之后，再行奉答。这件事我原本是不知道的，所以现在无论如何不能答复。"

左大臣只当作耳边风，不耐烦听，故如此回答。源中纳言也不能再说，只得唉声叹气地告退。回到家里，对家人说道："刚才我去向左大臣请愿，他回答是这样。这究竟是什么道理？花了许多时间用心修筑，结果成了世间的笑柄！"他不胜悲愤。

道赖中纳言从宫中退出，来到左大臣本邸，父亲便问他："刚才源中纳言来过，说有这么一回事。到底是否事实？"

道赖答道："确是事实。我常常想迁到那屋子里去住，派人去检点修筑，听说已被源中纳言家占领。我觉得奇怪，就派家人去查看是否属实。"

父亲说："中纳言说，除了他以外，没有人可以占领这屋子。所以你这行为是无法无天的。你到底是什么时候获得这屋子的。有没有地契，是从谁那里得来的？"

道赖答道："实际情况是这样：这原是住在二条邸那个女人的产业，是她外公传给她的。源中纳言完全昏聩，听信了他妻子的话，毫不慈爱，一味逞欲，厌恶之极，连这屋子也不肯给她。我的确持有地契。他没有地契而说除了他以外无人可以占领，亏他说得出来。真是笑话！"

左大臣说："那么，不必多说了。赶快把地契拿出来给他看吧。他那样子非常悲痛呢。"道赖说："马上给他看吧。"

他回到二条邸，决定了明天迁居的服务人员，分配了车辆座位。

源中纳言一夜睡不着，哭到了天亮。早上，又派他的大儿子越前守到左大臣家去，告道："家父中纳言本当亲自前来，只因昨天回家后身体不适，只得派我作代，甚是失礼。昨天所说的事，不知怎么样了。"

左大臣答道："昨天小儿回来，我立刻告诉他了。但他说的是如此这般。详细情况，还请直接向他探问为是。我因为一点也不知道，所以无法判断。不过，没有地契而说是自己的产业，确是笑话了。"

越前守告退出来，立刻去拜访道赖中纳言。道赖只穿一身便衣，坐在帘子旁边。越前守恭恭敬敬就座了。夫人在帘子里面，看到了眼前这异母兄的姿态，不知不觉地感到一种可亲的心情。

卫门和侍女少纳言也看到了越前守。她们相视而笑，告道："从前这个人是我们所敬畏的主人呢。我们曾经委屈地奉承过他的。"

越前守一点也不知道。他对道赖中纳言说："我已参见过老大人，问起情由，他说的是这样。你们持有地契，是否事实？我仔细检查的结果，觉得很可怀疑。这几年来，只要略微听到这是你们的财产，家父和我们就不会提出这要求。我们管领这屋子，已经有两年了。这期间全无音信，到了今天又提出这话，并不妥当，我们都在悲叹呢。"

道赖答道："我们有地契在手。我知道房屋地产，除了持有地契的人以外，别人不能占有。所以我们放心地认定这是我们的财产，毫无顾虑。你们如果硬要迁居进去，那时候请勿见怪。别的不必多谈，你们有地契吗？"他从容不迫地回答，一方面逗玩着膝上的小宝贝。

越前守拼命地想表达自己的意见，看到对方这种态度，实在火冒三丈，然而只得勉强忍耐。继续说道："地契是遗失了。到处寻找，还没有找到。也许是有人偷去卖给你们了吧。这是一个疑问。不然，除了我们以外是没有人可以占领这屋子的。"

道赖说："我的地契，不是从偷去的人那里买来的。我有正当的理由认为除我以外没有人可以占领这屋子。劝你们早些断绝了这念头吧。请你转告源中纳言，日内当把地契送给他看。"他说过之后，就抱了小宝贝走进室内去了。越前守没有办法，只得唉声叹气地回家去。

这番对话，夫人完全听到。她说："这回迁去的是三条那间屋子吧。他们又以为是我在指使了。他们花许多时间修筑了，要迁居进去，我们却去阻碍他们，他们多么痛苦啊！教双亲受苦，神佛的惩罚是可怕的呀。不能照顾双亲，反要教他们受苦，很不应该。不但如此，所作所为又如此刻毒，真教他们难受。这一定是那个可恶的卫门摆布的。"她真心地气愤。

道赖对她说："既然是你的双亲，怎么可以做出抢夺你屋子的傻事来！教双亲受苦的罪行，将来可以用孝行来抵偿。即使你说不高兴去，我和侍女们也要迁居过去。我已经说出，收回来是不成样子的。如果你要把那所屋子奉送给他们，等到你和他们见面之后奉送吧。"夫人没有办法，只得默然。

越前守回到家里，把事情的经过报告父亲中纳言："毫无办法了！总之是房子被人夺去，受了一番耻辱，就此罢手算了。我当作一件大事向他请求，岂知这中纳言看得像儿戏一般，膝上抱着一个美貌的小儿子，同他逗着玩，对我所说的话，听也不听似的。最后这样答复了几句，便走进去了。那左大臣呢，说道：'我不知道。小儿持有地契，是合理的。'于是我就毫无办法。我们为什么没有地契？他们准备今夜迁居进去，正在调度车辆和人员呢。"

源中纳言只是茫然若失，唉声叹气，说道："这是落洼的母亲临终时让给她的。我也糊涂，没有向她取回地契，便让她逃走了。一定是她把地契出卖，被他们买得了，因此发生这样的事件。这真是世间一大笑柄！本来可以向朝廷奏闻，但现在这道赖正在全盛时代，谁还分别黑白呢？费了许多钱财修筑起来的，实在可惜。总之是自己命运不好，遭逢这种惨痛的事。"他仰天叹息，不知所云了。

　　且说道赖中纳言来到三条，赏赐诸侍女每人衣服一套。服务不久，便得这样的优遇，大家欢喜不尽。

　　源中纳言家派人来说："至少器具要还给我们。"但这里的人加以拦阻，一个人也不许进去。夫人听到这消息，挥着拳头，狠狠地说："这个道赖是几世的仇敌，对我们如此恨入骨髓呢？"但也毫无办法。

　　越前守说："无论如何也没有办法了。向他们要求：至少让我们把器具运回去。他们满不在乎地回答说：'总会还给你们的。'但是不让我们进去，要同他们争吵也争不起来。"大家懊恼得很，除了聚在一起咒骂道赖之外，别无办法。

　　这边于辰时迁入。车子十辆，行列非常体面。道赖中纳言下车，走进去一看，果然正厅方面已经全部施以装饰。布置着屏风和帷帘，铺席也铺好了。

　　照这样子看来，对方一定非常懊丧。也觉得有些可怜。然而这是要教源中纳言的妻子吃点苦头。

夫人推想她父亲的心情，对一切都不感兴趣，只觉得对他不起。

　　道赖中纳言对家人说："他们运过来的器具，不可散失，将来如数还给他们。"

　　这里正在纷忙的时候，源中纳言派人来察探情况，是否已经迁进去。那人回报道："这样那样，堂皇地迁进去了。"大家知道已无办法，只有相对叹息。这方面全不知道，正在忙着庆祝乔迁之喜。

　　次日，越前守前来告道："我们运来的器具，请让我搬回去。"这边回答道："三天之内，这些器具动不得。过了今天，明天再来取吧。这确是寄存的东西。"

　　这是什么意思呢？源中纳言更加想不通了。这里开了三天宴会，非常热闹。

　　第四天早上，越前守又来了。恳求道："今天请把器具给我运回去。女人用的梳头箱等日用品，都已经运到这里来，这几天很不方便。"道赖中纳言觉得有趣而且好笑。就按照目录，全部都还给他。

　　这时候，他说："喏喏！从前那只镜箱的旧盖也在这里了。连这东西一起还给他们吧。因为这是那位夫人的宝贝。"卫门觉得稀奇，说道："这东西原是放在我这里的。"连忙拿了过来。不曾见过这东西的侍女们都笑道："啊，好厉害呀！"道赖中纳言无意把它拿回来，对夫人说："你在这里写几句吧。"夫人说：

"这又何必？在他们这样倒霉的时候，教他们知道我在这里，很为难呢。"她不肯写。中纳言频频劝请，她就在箱盖的里面写道：

> 镜里愁眉长不展，
> 今朝始见笑颜开。

他把这东西像礼物一般用彩色纸包好，插上一根花枝，交与卫门，对她说道："叫越前守过来，把这交给他。"

道赖中纳言对越前守说道："今回的事情，你们大概见怪了吧？这是因为你们一点招呼也不打，擅自迁入，所以我们不能容忍。冒犯之处，见面时当由我向你们道歉。请你转告中纳言，务请他于明日惠临。你们大概都对此次之事感到不满，都可以来当面谈谈，以求互相谅解。"

他说时态度异常和悦，越前守弄得莫名其妙。最后他又叮嘱："望转告中纳言，请他必须来到，你也同样。"越前守恭恭敬敬地告退。

卫门在边门里等候，此时，叫人把越前守叫住："请到这里来一下。"越前守全然没有防到，茫然地站定了。但见帘子里有色彩美丽的衣袖，其人隔帘说道："请把这个交给你的母夫人，因为这是她从前很珍爱的东西，是我一直用心保存到如今的。今天你们来取回器具，我想起了，便拿进来还她。"

越前守问道：“那么叫我对她说是谁送给她的呢？”帘内答道：“她自然想得出来。古歌中说：‘丹波市中旧杜宇，啼声还是旧时声。’你听了我的声音，总该知道了吧。”

他这才知道，这是阿漕！原来她在这里供职了。便答道：“对这个连故乡也忘记了的冷冰冰的人，有什么亲密的往事可谈呢？你来到这邸内的时候，这个人是你的旧相识，也该看望看望吧。”

一旁就有人说：“这里还有一个人呢。”便有另一侍女出来，一看是少纳言。越前守弄得莫名其妙，难道这些人都集中在这里了？甚是惊奇。

里面又有人说：“古歌中说：‘花容月貌都见惯。’你看到的美人太多，已把我们这种不足道的人忘记了，所以没有话可说。”这人原来是从前服侍二小姐的名叫侍从君的侍女。这女子曾经和越前守发生关系，常常来往的。

对他说话的都是从前的侍女的声音。究竟是怎么一回事？他弄不清楚，答话也不大说得出来。

卫门又说：“那个名叫三郎君的小官人怎么样了？已经加冠了吧？”越前守答道：“他今年春天已经当了大夫了。”卫门说：“定要叫他到这里来玩。请你转告他：我要对他说的话，三天三夜说不完呢。”

越前守仓皇地答道：“毫无问题，他一定来。”他很想看看包里是什么东西，急急忙忙地回家。

他在归途上历历回想这邸宅里的情状，觉得奇怪之极。难道那个落洼姑娘已经做了道赖中纳言的夫人吗？阿漕这女人样子非常威风。而且，从前的那些侍女，仿佛成群结队地集中在那里了，这是什么道理呢？他想到这里，觉得比起全不相识的人来，亲近得多，心中感到欢喜。这是因为此人一向住在任地，全不知道他母亲虐待落洼的情况之故。

越前守回到源中纳言那里，传达了道赖的话，并且把那包东西交与母亲。母亲起初莫名其妙，打开一看，原来是旧曾相识的那只镜箱。她记得这是给落洼姑娘的，为什么在这里了，心中惶惑不安。而且那箱底上写的字，无疑的是落洼的笔迹。她眼睛和嘴巴都张开，闭不拢了。她想，如此看来，近年来使我们受到一言难尽的耻辱的，都是这个人所为的了。她的妒恨和懊丧不可名状。家中只为这件事骚扰忙乱。

父亲中纳言本来为了房屋被夺取而怀恨，现在知道这是自己的亲生女儿所为，这种心情便消失。他忘记她的可恨的罪行，也忘记了过去所受的耻辱，平心静气地说："这个人在我的许多子女之中，是最幸运的。以前我为什么疏远她呢？三条那所房子，原是她母亲的产业，当然要归她所有。"

因为如此，那夫人更加愤愤不平了，说道："那房子被占领去，就算是没有办法取回了吧，但是那些花了钱辛辛苦苦地种起来的树木，至少要给我取回来。我觉得买屋子的钱总要还给我吧。"

越前守说:"这是什么话!不要说这种外人腔调的话吧。我们一族之中,没有高贵显赫的人,出门去就被人嘲笑:你家的白马怎么样了?怎么样了?实在没有面子。现在能够与这位在公卿中受到皇上无比恩宠的人结缘,岂不是莫大的幸运吗?"

当了大夫的小儿子三郎接着说道:"屋子被占去,算得了什么呢!落洼姐姐吃苦的状况,才惨不忍睹呢。"

越前守问:"你说吃苦,是什么意思?"三郎便把事情的始末一五一十地告诉他:"真是惨不忍睹啊!"末了又说:"唉,不知阿漕等人怎么说。母亲真是无颜和落洼姐姐相见了。"

越前守摇摇头说:"这是太厉害了。我一直住在任地,完全不知道。听了你这话,竟吓呆了。道赖中纳言正是为此事含恨,因为教母亲受到了这种耻辱。不知他对我们作何感想。我真觉得无地自容了。"他认为非常可耻。

母夫人说:"唉,真烦人,现在还要讲这些,有什么意思呢?听听也没趣。什么都不必说了。总之,只不过是我讨厌这女孩子罢了。"她不再对他们说话。

侍女们听说原来这里的少纳言和侍从都在那边当差,相与告道:"我们为什么到现在还不调到那边去,而在这里过这种阴气沉沉的日子呢?"当差的人总是这般气质,她们都在羡慕。几个年轻的侍女说道:"放心好了。不久就会调过去的,落洼小姐气度宏大,一定会用我们的。"

姊妹们看见事出意外,大家吃惊。就中三小姐因为自己的丈夫藏人少将是被这一族里的人夺去的，所以要同他们攀亲，实在觉得没有面子。

还有四小姐，因为对方曾经陷害她，使她变成不幸之身，所以觉得要同他们见面，比同素不相识的人见面更为不快。她同少辅一结婚，就一连生了三个孩子。这三个孩子不像父亲，都是很可爱的女孩。她觉得自己毫无指望，曾经想落发为尼。但可怜这三个孩子，被她们牵累，不便离去尘世。她真心地嫌恶少辅，对他非常冷淡。因此近来这傻子也不同她往来了。

源中纳言呢，完全忘记了过去的怨恨。近来自己毫无声望，境况萧索，屡受他人轻视，颇以为苦。今后因此有了面子，不胜欣喜。道赖中纳言召请他，他连忙准备前往访候。他说："今天已经天黑，明天就去吧。"

夫人听了，推想现在这落洼姑娘，一定比她自己的女儿优越得多了，心中愤愤不平。

三小姐对四小姐说道："由于有这种瓜葛，所以那天到清水寺进香的时候，他们要喊'后悔了么'。到了最后，终于说出名字来，我们已经受了不少的耻辱了。接着，侍女们都辞职而去，也一定是落洼姑娘的主意。她长期被禁闭着受虐待，所以恨透了。"

夫人说："这样地给我们种种恶毒报复，实在忍受不住。我总要复仇。"

女儿们说："事已如此，还不如断绝了这个念头为妙。家里也有许多女婿，为此忍受了吧。那天他们痛打典药助，其根由也在于此。一定是道赖中纳言指使的。"她们你一言我一语地谈到了天亮。

次日，道赖中纳言来信了，信中说道："昨日请越前守转致鄙意，想已奉达。如果有暇，务请于今日劳驾。因有事奉告也。"

回信说道："昨日赐示，奉到无误。本当即刻奉访，只因天色已暮，甚是失礼。今当立刻前来。"便准备出门。越前守同行，乘在父亲的车子后面。

三条邸的人报告道赖中纳言，说源中纳言来到了。道赖立刻叫"请到这里来"。

在正厅南面的厢房中会面。夫人坐在帷帘内。吩咐其他人避开，他们都走到北面的屋子里去了。

道赖中纳言说道："关于这所房子，我想对您有所说明。因为这里有一个人常常央求，希望和您见面，所以乘此大好机会，邀请您来面谈一次。尊处当作自己的所有物而营造这所屋子，原属有理。然而依照地契上所写，住在这里的那个人，似乎比您具有优先的权利。我的住处并不很远，而你们并不向我打一招呼，就想迁居进去，简直是轻视我们。我不能忍受这种侮蔑，所以急急地迁了过来。然而你们几年来所费土木工程以及精心设计之劳，都被我采取了，实在太不成话。这里的那个人说，这屋子还是应该还给你们。倘蒙同意，即请收回为幸。

地契当即奉上。为此邀请您来面谈。"他委婉地说明情由。

源中纳言答道："呀，这话我不敢当。我有一个不明事理的女儿，前年逃出家去，至今存亡未卜，恐怕已经不在人世了。我这忠赖如果年轻，还可出走寻找，可是现在已经衰老，命尽今日明日都不可知。这女儿抛撇了我这父亲，形影也不给我见，想来她一定死了，我正在悲伤叹息呢。如果这女儿还在世，这屋子应该归她承受。但是现在毫无办法。我就认为这是我所有的，便在尚未坍损期间加以修筑。我做梦也不曾想到地契是在你手里。此事美满之极，真是希求不到的幸运！不过，此事隐瞒着我直到今日，大概是认为我这忠赖没有当父亲的资格吧？或者，你们认为把我那样的人当作父亲是有伤体面的，所以不来通知我吧？这两点疑问，都是教我丢脸的。至于地契，我怎么可以收受呢？我正想由我交给你们呢。我能活到今日，是意想不到的。大概是为了要教我再见她一面的缘故吧。现在回想起来真是感慨无量！"他愁容满面地低下了头。

道赖听了这话，也觉得可哀，答道："这里的那个人，一直苦苦地想念你。几年以来，朝朝夜夜向我诉说。但我因另有道理，所以暂时搁置着。这道理就是这样：这里的那个人，还住在你家西边那间屋子里的时候，我就常常和她私通，知道你们对她的待遇，和对别的女儿完全不同，非常残酷。你的夫人性情太凶狠，我曾耳闻目睹，她对这女儿的责备，比对仆役还严厉。我想，你即使知道她还在世，也决不感到欢喜吧。所以在这期间，我对她说，且待我像别人一样升了官位，能够孝养了的时候，再让你们父女相见吧。就中，把她关闭在贮藏室里，许配给那个典药助一事，实在是荒唐之极！既然如此，你即使听到她已经死了，也认为毫不足惜，真是太无情了。这种情况，铭刻在我道赖的心头，怀恨永远不忘。倒并非特别痛恨您一个人，但觉夫人的行为，太残酷了。所以在加茂祭迎神赛会的时候，闻知是你们的车子，我表面上加以制止，而实际上纵容仆役们对你们做了无礼的行为。你们一定认为这是不该的吧，我也觉得对不起。这里的那个人，希望同她的别的姊妹一样地能够朝夕和您见面，但不得如愿，常常向我诉说。她深恐不能孝养您，日夜叹息。我也切身地感到，血统关系的父子之情是特别的。并且，她所生的几个孩子也日渐长大了，很想给您看看呢……"

源中纳言痛感自己行为失错，面孔涨得绯红。他想，过去的种种事故，都是从前的怨恨所造成的吧。他心中恐惧，答话也不大说得出来。

他好容易才答道："唉，我并不想把她和别的孩子分别待遇。有母亲的孩子，母亲总要强迫我照顾她自己的孩子，我受了劝诱，也真是可怜啊。这是一定的道理。所以你所说的，一一都是实情，我没有话可以辩解。关于典药助一节，实在荒唐之极。谁会把女儿许配给那样的人呢？至于禁闭在贮藏室里，我听到了便觉得不该，曾经表示反对，并且动怒。这些都不必说了，我想看看几个小宝宝。他们在哪里？现在就请让我看看。"

道赖中纳言把张在面前的帷帘推向一旁，说道："在这里。"又对夫人说："来，你出来会面吧。"落洼便羞答答地膝行而出。

父亲一看，这女儿非常美丽。年龄大起来，姿容越发端庄，威风凛凛。她身穿纯白的绫织单衫，上面罩着青花的褂子。他仔细端详，觉得他所认为比此人优美而疼爱着的别的女儿，都比不上这个人。把这样的一个亲生女儿禁闭起来，荒唐之极！越想越觉得可耻。对她说道："你是由于怨恨我，所以隐藏到今天吧。然而，今天能够相见，大家心情畅快，我真高兴啊！"

女儿答道："我一点也不怨恨。正当母亲严厉责怪我的时候，那个人和我结识了。他看了这光景，认为太不讲理。这便成了种种不快的根源。他屡次阻止我，叫我不要把住处告诉你们，因此我也不便露面。至于那些无礼的行为，我一点也不知道，无可辩解。想必大家都在怨恨我了，我只能独自伤心。"她表示抱歉。

源中纳言说："唉，那时候，确是使你受了无比的耻辱。我常在想，有什么怨恨而做到这地步？今天听了你们的话，才知道过去我们疏慢于你，罪有应得。我们哪里会怨恨！反觉得你的一片诚意是很可喜的。"他说时喜形于色。

落洼听了父亲这番谦抑的话，觉得可哀，说道："虽然如此，我是不敢当的。"正说着，道赖抱着一个可爱的男孩走出来了。

说道："请看这孩子！他的气品的确很优秀。我想即使是天下有名的凶夫人，对这孩子总不会讨厌的吧。"夫人听了觉得不好意思，说道："唉，这话算什么呢！"

源中纳言一看见这孩子，由于老年人的固执心情，疼爱得不得了，笑逐颜开地说："来，到我这里来，到我这里来！"想抱抱他。

孩子看见这个不相识的老人，有些害怕，用力抱住父亲的脖子。源中纳言说："的确，即使是天下第一凶恶的人，也不会讨厌这孩子。"又说："长得很大，今年几岁了？"父亲回答说："三岁了。"源中纳言又问："另外还有孩子吗？"道赖中纳言答道："他的一个弟弟，住在本邸里。还有一个女孩子，因为今天是禁忌的日子，改日再给您看吧。"

不久，办筵席来招待。随从人等都给酒食，车夫们也都得到丰厚的犒赏。

主人说："卫门、少纳言，你们把越前守请出来，劝他喝酒。"卫门便请越前守到侍女值班室里来。越前守觉得难为情，逡巡不前，既而一想，这件事并非我所做的，怕什么呢，便走进来了。

室内分隔为三间，都铺着崭新的铺席，有二十来个一样漂亮的侍女，并排坐着。这些人本来都是在主人身边伺候的，刚才主人吩咐她们避开，所以集中在这里了。

越前守原本是好色的，叫他到这里来，正合他的意思。他环视许多侍女，觉得神魂颠倒，嘴巴也闭不拢了。他本来相识的人，自少纳言以下共有五六人。他想，这些人一定是从他自己家里转移到这里来的。

卫门说："主人吩咐我们灌醉他。如果仍让他面孔雪白，我们都要担不是。来，大家来劝酒吧。"于是你一杯我一杯地劝酒。越前守喝得烂醉如泥。

他说："卫门姐姐！请你照顾些，大慈大悲，不要虐待我吧！"后来他想逃走，那些年轻美貌的侍女，敏捷地联成一起，把他拦住。他无路可逃，狼狈不堪，终于醉倒了。

源中纳言和道赖中纳言也对酌传杯，都有了醉意，谈了种种的话。道赖说："自今以后，我定当尽力效劳。如有需要，务望随时吩咐，请勿客气为幸。"源中纳言无限欣喜。

日暮归去之时，道赖中纳言赠送礼物：送源中纳言的是一只箱子，其中装着一套外衣，一根束带。这是世间有名的、有来历的皮带。送越前守的是女装一套，外加绫织单衣一袭。

源中纳言说："我这老命活到今天，常觉得毫无意味。谁知也会碰到这样的幸运……"他已经喝醉，反复地说着这两句话。

随从人员不多，赠送五位的是衣装一套，赠送六位的是裙子一条。赏给仆役们的是每人绸带一枚。

大家认为这两家是互相仇视的，岂知完全不然，人都觉得很奇怪。

源中纳言归家之后，把道赖中纳言的话逐一告诉夫人："你要把她嫁给典药助，是真的吗？道赖中纳言从容地对我说起这件事的时候，我不得不面红耳赤。两个外孙的可爱，难于形容。这个女孩真是好大福气啊！"

　　夫人恨恨地说："呀，我听也不要听。你说这话，可你从前几曾把她同别的孩子一样看待？出主意把她关进贮藏室的，不是你自己吗？不关我的事。她既然已被抛弃不管了，那么典药助也好，别的什么人也好，让他去私通吧。现在因为她被别人重视了，你就想把自己所犯的罪行嫁祸别人，是什么道理呢？看着吧，过分的荣华富贵是不能持久的！"

　　越前守喝醉了躺着，喋喋不休地称赞三条邸内的盛况："三十来个侍女包围了我，劝我喝酒。其中有的从前是三姐姐那里的人，有的是四姐姐那里的人，连做女佣的人，不计其数，个个都打扮得花枝招展，得意扬扬的。"

　　同在一起的三小姐和四小姐听到了他的话，三小姐说："唉！人世间是可悲的。那人住在落洼小屋里不得露面的时候，做梦也想不到会升在我们之上而把我们的侍女都抢走了。我们在父母面前也没有面子了。真是可耻！怎么能够再活下去呢？还不如做尼姑呢。"三小姐哭起来，四小姐也哭了。她说："这样一想，教人不能忍受。这是因为母亲不知道命运如此，待遇有差别，只管重视我们的缘故。到了现在，不知外人对我们如何议论呢。尤其是我，招了那个倒霉的夫婿，曾经决心出家为尼。可是不久就怀了孕，以致此愿未遂。孩子生出之后，大概是人之常情吧，就觉得应该照例把这孩子养育起来，因此苟且度日，直到今天。"她挥泪吟诗道：

> 昔日只知人受苦，
> 今朝轮到自身来。

三小姐颇有同样的感慨，也吟诗道：

> 世间苦运原无定，
> 犹似斜川屈曲流。

两人相与诉说哀情，直到天明。

次日源中纳言检点赠品，说道："色彩和质量，对老年人来说都太漂亮了。尤其是这条带子，这是有名的物品，怎么可以收受呢？应该奉还吧。"正在此时，道赖中纳言派人送信来。大家争先恐后地看信。

信上写道："昨日天暮，未得畅谈为憾。会面时间太过局促，胸中积愫，不能罄述。今后是否再能劳驾，不胜怅望。此地契何以忘记取去？还请迁过来住。不然，是否心中怀恨未消？这里的那个人非常担心呢。"

道赖夫人给四小姐一封信，写道："年来情况如何？时深挂念。彼此平安无事，但欲说的话堆积如山。只因顾忌甚多，未得如愿。你大概已经忘记我了吧？

> 契阔深情坚如石，
>
> 世间谁似我思君。

深恐你正在恨我呢。母亲以及其他诸人，不久即可会面，思之不胜欣喜。我这点心情，请你详细地转达，是为至幸。"

姊妹四人同在一起，大家拿信来看，希望也有信给自己的才好。她们都想和落洼姑娘通信了。人真是任心任意的：当她住落洼小屋里的时候，情况如何，一向无人顾问呢。

源中纳言的回信中说："昨日本当再度奉扰，只因估计错误，未曾成行，甚是失礼。今后早晚可以拜见，不胜欣喜，只此一点已可使我寿命延长了。送来地契，昨日曾表明辞谢之意。来示所云，实不敢当。宝带一条，在此老朽身上，正如衣锦夜行，本当奉璧。但念美意难却，暂且收受，道谢。"

四小姐的回信中说："数年以来，无缘问候。今得来示，无任欣喜。'人远天涯近。'旨哉斯言。

> 翩然一去无消息，
>
> 恋慕深情日日增。"

自此以后，道赖中纳言无微不至地照顾源中纳言。源中纳言也不怕烦琐地前往访问。越前守和大夫三郎，因见对方是高贵无匹的权门，也忘记了过去的耻辱，前往效劳。

道赖夫人觉得这是无上的欢乐，常想设法提拔他们。她把大夫三郎当作自己的儿子一般疼爱。

她对越前守说："今后我很想和母亲及诸姊妹见见面。最好请她们也到这里来玩。我很小的时候就失去了生身母亲，就把这个母亲当作生身母亲看待。我常想报答亲恩，为了近年来的种种事件，她一定在生气了吧。务请你代为向各位问候。"

越前守回去向诸人传达，他说："夫人对我这样说呢。她想提拔我们，真是再好没有的事。"

母夫人心中想：落洼现在有了财产，所以作如此想。我曾经那样地使尽手段，严厉地责难她。如果她不忘记的话，一定会痛恨我的子女。但现在她并不如此，可知那些报复的事，大概全是她的丈夫一人所作所为。叫她缝衣服那天晚上，生手生脚地帮她拉着缝物的边缘的人，大概就是这男子吧？她逐渐地放松了顾忌的心情，有时也写信去，和她亲近了。

这期间，有一天道赖中纳言对夫人说："源中纳言的确年纪大了。世人对老年父母总是要表示孝养的。有的在五十岁、六十岁上庆祝新年，举行管弦乐会，使亲心欢喜；有的在新年里供奉嫩果；有的举办法华八讲，供养佛经或佛像，花样繁多。我想也做一点，借以一新耳目。"

又说："喂，做什么好呢？也有生前以四十九日佛法供养的例子。但此事由子女举办，是不适当的吧。刚才我所说的各种花样之中，你喜欢哪一种？请说说看。就照你所说的去做吧。"

夫人很高兴，答道："管弦乐好听，趣味也丰富。但对于来世是没有益处的吧。四十九日佛法供养，我听听也觉得讨厌。就中法华八讲最好，对今世也有好处，对于后世也有益。我看还是举办法华八讲，请老亲来听吧。"

于是仿照释迦牟尼的八年说法，把法华七卷分作八次讲述。决定举行盛大的法会。

道赖中纳言说："好，你的主意好极，我也是这样想的。那么年内就举办吧。因为看看老人家的模样，真有些不放心。"次日就着手准备了。

定于八月中举行。叫人写经文。请法师来主持。夫妇二人共同尽心筹划。由于权势盛大，各郡县都致送礼物：绢、丝、黄金、白银，堆积如山。全无一点缺憾。

在这期间，天皇忽然病重，降旨让位。于是皇太子即位。这是第一皇子。道赖中纳言的妹妹就是这皇子的女御。这皇子的兄弟就当了太子。他的母亲升为皇后。

道赖中纳言升任了大纳言。三小姐本来的丈夫藏人少将当了中纳言。道赖大纳言的弟弟当了中将。

如此，只有道赖一族升官晋爵，庆喜无量，威望盖世。这位新大纳言声望日高，他的岳父中纳言觉得自己也面目光彩，非常欣喜。

七月内朝廷行事甚多，无有空闲。但大纳言对八讲的准备工作，也不怠慢。终于决定了八月二十一日。他想，如果可以的话，最好在三条邸举行。但恐继母和小姐们不肯轻易来此，便决定在源中纳言邸内举行，并且亲自前往安排一切。他把屋子好好地布置一下，铺上白砂。帷帘和铺席都换上新的。

道赖大纳言的妹妹二小姐的丈夫左少弁和越前守等，都兼任了大纳言家的家臣。诸事都由他们办理。拆除寝殿的门窗，装修内部，在寝殿西侧修建大纳言的房间。法华八讲将于明日开始，所以大家都在前夜移住进去。深恐地方狭窄，故将侍女人数减了。只用六七辆车子。

此次大纳言夫人落洼要和继母夫人和小姐们见面了。她身穿深红色绫褂和女郎花色罩衫。色彩配合美不可言。此时，也许有人想起从前为了缝纫能干而赏赐一件旧衣的故事吧。

夫人和三小姐、四小姐等，在准备明天的事情的空闲时间，热情地纵谈往事。

从前被称为落洼姑娘的时候，相貌也非常美丽，并不损色，何况现在当了大纳言夫人，威风凛凛，相貌堂堂，姿态格外优美，使得同席的人个个都黯淡无光了。

源中纳言夫人想：时至今日，还有什么办法呢？她只得断念一切，也来和大纳言夫人交谈，便说道："你从小就被移交给我抚养，我完全把你当作一个小孩看待。我因生来性情暴躁，有时会不顾一切地多嘴。深恐使你伤心，不胜抱歉之至。"

大纳言夫人心中觉得有些好笑，从容答道："哪有这话！我一点也不伤心。我心中一点旧恶也不存在。我所念念不忘的，只是想尽力供奉，使您心情欢畅。"

源中纳言夫人说："这是感谢不尽了。我的作为大都不济于事，一点也不能称心称意。你今天能够到这里来，大家欢喜无量。"

天亮了，早上开始举行法华八讲的仪式。到会的人，有许多是高官贵族。以下，四位、五位的人不计其数。来客都惊诧地想："源中纳言近年来完全老耄昏聩了，怎么会有这样权势富厚的一个女婿，真是好幸福啊！"

的确如此。女婿道赖大纳言年纪只有二十多岁，相貌威武堂皇，进进出出，时时照顾这源中纳言。源中纳言感到无上的光荣。老人容易动感情，他欢喜得流下泪来。

大纳言的弟弟宰相中将，以及三小姐本来的夫婿中纳言，都衣冠楚楚地来参与法会。

三小姐看见了新中纳言，即恩情断绝了的前夫，追思往事，不胜悲戚。她仔细看看，今天他的装束特别优美，便更加悲伤不堪了。她想：如果自己没有被抛弃，依旧幸福的话，则看到丈夫和大纳言联袂并肩、毫不逊色的样子，将何等欢喜！但现在自身已经沦入不幸，只有偷偷地垂泪，独自吟道：

愁绪满怀思往事，

无人顾问泪空流。

　　不久仪式开始了。阿阇梨、律师等高僧、善知识，集中在一起，郑重地讲解经文。每日讲经一部，九日共讲九部。法华七卷中又加无量寿经及阿弥陀经。预定每日造佛像一尊。共计造了九尊佛像，写了九部经文，尽善尽美。

　　四部经文，用金银粉写在各种色彩的纸上。经箱用熏香的黑色沉香木制成，用金银镶边。每一卷经装在一个经箱里。其余五部，用泥金写在绀色纸上，用水晶做轴，装在景泰窑的箱中。景泰窑的图样中表现出各经文的要点。每部装入一箱。只要看到这些经卷和佛像，谁都知道这法会不是寻常一般的了。

　　给朝座、夕座的讲师每人都赠予灰色的夹衣。诸事都准备得十二分周到，毫无缺陷。讲座的庄严气象，日日增加。临近圆满的时候，一般参加者和公侯贵族，愈益增多。在相当于法会中期的法华五卷的讲座，即所谓供品之日，公侯贵族自不必说，其他各方面，都送来赠品，多得无地可置。这些供品也都是预先准备着的，袈裟、念珠之类，为数不少。正在份份奉呈的时候，左大臣派人送信给大纳言了。

　　信中写道：

　　"我想至少今天应该参与法会，不料脚气病发作，穿戴不胜其苦，甚是失礼。此赠品乃我一点诚心，务望供养。"

这赠品是一把青色琉璃的壶，其中盛着黄金制成的橘子。装在青色的袋里，上面束着一根五叶松枝。

还有左大臣夫人送给媳妇大纳言夫人的信。信中写道："我早已料到你很忙，不会有信来，所以我希望尽一点诚心，你大约也不会知道的吧。现在我送上这点物品。女人之身，罪孽深重，欲借此以结佛缘，务望曲谅为幸。"

物品是中国制绫罗，村浓染法的枯叶色衣服一套，以及鲜明触目的绯色丝约五两，插着一根女郎花枝。这大约是做念珠带用的。

正在写回信时，二小姐给新中纳言的信来了。信中说道："你参与了十分美满的法会。你不把其中盛况告知我，大概是不要我参与积有欢喜功德的人群之列吗？我好恨啊！"

其赠品是黄金制的莲花枝，略呈青色，叶上镶着白银制成的露珠。

又有皇太后的使者，是宫中的一位典侍，送信来了。对这使者必须郑重招待，在外面望不见的内室设席，由越前守及其弟大夫等侍奉，举杯献酬。

皇太后的信中说："今日贵处想必甚为繁忙，我恕不奉扰了。着送微物，作为结缘的供养品。"这供养品是菩提树念珠，装在黄金制的念珠箱中。

在自己的同辈及许多亲人面前，由丈夫的显贵的一族人如此尽心竭力地致送供养品，大家羡慕落洼姑娘的幸福无量。

给皇后的回信，由大纳言亲笔书写："仰承恩赐，无任感戴。此次法会，奉到珍贵供养品无数，谨依尊意，躬亲供佛。法会圆满之后，当即亲自入宫拜谢。"

犒赏御使的是绫绸单衣、裙、枯叶色唐衣、罗纱罩衫等品。

后来仪式开始了。王公贵族们各人手捧供品，在佛前巡行。各人所捧供品，大都是金银制的莲花枝。

只有源中纳言的供品，是用白银制成笔形，轴上像斑竹一样施以彩色，装在罗袋里。此外，衣箱、袈裟之类，多如山积。

还有，这一天的仪式中所用的薪，是将苏芳木割开，略染黑色，用美丽的带子捆成。好几天以来的仪式中，这一天的费用特别大。

众人欢看尊贵的王侯将相捧着供品巡行膜拜，都觉得这位源中纳言在衰老之年能够获得名誉和幸福，深可叹羡。他们都说："做人还是要祈求神佛，生个争气的女儿。"

仪式在这样庄严隆重的形式之下圆满结束。

三小姐在心中等候新中纳言的消息。但是一天一天地过去，终于音信全无。

仪式终了，大家退散的时候，源中纳言暂时站定，把儿子左卫门佐叫来，对他说道："怎么样？为什么对他这样冷淡？"好像从前的一个义兄的口气。

左卫门佐毅然决然地答道："因为我对他向来不亲近。"源中纳言又问："什么？他对你从前的关系你忘记了吗？怎么样？还有人来吗？""你说谁？""我问的不是别人，是你的姐姐三小姐呀！"左卫门佐故意冷淡地答道："我不知道，也许来的。"源中纳言说："那么，你去转告她：我觉得

　　　旧曾来处今重到，

　　　恋慕深情似昔时。

唉！人世可叹！"说过，走出去了。

　　左卫门佐想，听听回音也好，自恨刚才对他太冷淡了。便走进里面去，对姐姐三小姐说："父亲回去时叫我这样向你传言。"三小姐想，让我在这里再多住片刻也好。他来干什么呢？无情的人啊！但没有话可以回答，就此算了。

　　道赖大纳言在法会终了之后，大办开荤的筵席，然后回邸。大家请他再留住一两天，他说："实在地方太狭窄了，孩子们吵闹得很讨厌。下次不带他们，再来奉扰吧。"

　　源中纳言说："此次法会的盛大，自不必说了。尤其是皇后、左大臣，以及各位贵宾的盛情，使我衷心欢悦，寿命可以延长了。老汉笨拙，说的也是愚陋之言。在这样盛大的仪式中，对我这衰朽的老人，只要有一卷经的供养，也可心身获益。"他感激得流下泪来。夫人自不必说，道赖大纳言也很满意，认为这法会颇有价值。

源中纳言又说："我这老翁有一件宝贝，多年来秘藏着，不知道传授给谁才好。前年，我的女婿藏人少将曾经向我恳求，但我没有给他。真好像是特地保留着给你使用的。现在我就把这个送给小外孙。"说着，从一只锦囊里拿出一支精美的横笛来送给了他。小外孙年纪虽小，也听得懂，笑容可掬地接受了，好像对这支笛是很喜欢的。这真是一件逸品，音响美不可言。

　　夜深时分，回三条邸去。大纳言对夫人说："中纳言欢喜得不得了！今后再做些什么给他看呢？"

　　如此这般地过了一段时期。有一天，父亲左大臣说："我年纪这么大，近卫的重务是不能胜任了。因为这是青春少壮的人才相宜的职司。"就把过去兼任的近卫大将的职务让给大纳言了。

　　这时代一切事情都可由他们一家自由支配，所以没有一个人表示反对。道赖大纳言兼任尊荣的职司，生活更加有光彩了。为了此事，源中纳言也觉得喜上加喜。不过，他虽然没有特别重病，总是日渐衰老，每天只是爱睡。道赖大将的夫人觉得可悲。她想：父亲那样地欢欣鼓舞，我们总该再尽些孝养。但愿他延长寿命。

　　源中纳言今年七十岁了。道赖大纳言闻知，说道："倘是年纪还轻、随时可以祝寿的人，那么不妨慢慢地举行。但七十岁了，应该快做。也许外人觉得太频繁吧，也顾不得了。自己想做的事，应该就做。过去有过好几次经验教训了。并且，使对方欢喜的事，如果只做一次即便罢休，不免问心自愧。再者，死了之后，任凭你行什么事，他一点也不能感到欢喜了。大概只有这一次了，所以必须尽我的能力去办。"他这样决定了，便立刻着手准备。

各地的郡守，但求大纳言称心，竭力奉承。他们都想效劳，获得大纳言的青眼。所以命令每一个人担任一件事务，大家都负责办理。不久，当天招待来宾飨宴等事，很快地准备完成了。

已经当了卫门尉的带刀，又被委任为三河郡守。其妻卫门，请了七天假，跟他同赴任地。大纳言夫人替她饯行，送她旅途用具。白银杯盘一套，此外各种服装，十分周全。夫妇二人动身。

他们去后，这里派一个急使到三河去，对郡守说："因有这等用途，请略办些绢来。"三河守立刻送大纳言绢一百匹，其妻卫门送夫人茜染绢三十匹。

此外，召集许多在贺筵前舞蹈的美貌童子，一切调度，尽善尽美。置办各种物品，黄金像汤水一般使用。

父亲左大臣起初有点不解："为什么连续不断地举办大事呢？"但后来就明白了："对啊，他的前途已经望得见了。让他在生前多得欢乐，确是好的。源中纳言的儿子们，我定当尽力照顾。"便和大纳言同心协力地从事准备。

原来左大臣非常钟爱这个儿子。所以凡是这道赖大将所要做的事，他无不赞成。

贺宴定于十一月十一日举办。这回在自己的三条邸内招待众宾。为避免烦冗，恕不详述。但气魄那么浩大，贺宴的盛况可想而知。

　　祝寿的屏风上的画和诗，琳琅满目，不能尽述，今仅举一端如下：

　　正月画些什么，原本脱落，只记其诗曰：

　　　　朝霞笼罩吉野山，
　　　　春宵游侣越山来。

　　二月画的是一人站着仰望樱花飞落。诗曰：

　　　　今年看尽樱花落，
　　　　千代留芳永不忘。

　　三月画的是三月三日桃花开，有人正在折枝。诗曰：

　　　　三千年来桃花开，
　　　　折取一枝为君寿。

　　四月诗曰：

杜宇微鸣待春晓，

蒙眬欲睡忽惊醒。

五月画的是插着菖蒲的人家，有杜宇在啼。诗曰：

今日犹闻啼杜宇，

只因情重伴菖蒲。

六月画的是水边禊祓之景。诗曰：

川边禊祓清彻底，

照见千年绿影深。

七月画的是七月七日人家祭星之状。诗曰：

长空一碧天河近，

此夜星舟渡女牛。

八月画的是事务所的人员在嵯峨野掘草花之状。诗曰：

成群来到嵯峨野，

留心掘取女郎花。

九月画的是有人在观赏盛开的白菊花。诗曰：

怪道雪花何太早，

原是篱边白菊花。

十月画的是有人站在美丽的红叶树下，翘首仰望。诗曰：

山中红叶经秋落，

行人到此举头看。

（十一月诗上句脱落）下句曰：

万代千年为君寿。

十二月画的是山家积雪甚深，一女子独自眺望。诗曰：

严冬积雪深山里，

只恐无人特地来。

杖上铭曰：

此杖曾经八十坂，

今日犹能扶上山。

祝寿那一天，在宽广的美丽如镜的湖中，泛着龙头鹢首的船。乐人不断地奏乐。气象万千。参与祝寿的王公贵族及殿上人，济济一堂。

左大臣也到席，赏赐的物品不计其数。皇后赠送大褂十袭，中纳言用的衣装十套，此外还有种种物品。

皇后宫中的侍女及女官，都从宫中退出，到三条邸来看热闹。这样的盛况，使得中纳言的老病忽然痊愈，真是莫大的庆喜。

每天从朝到晚，不断游乐。圆满之日，到更深方才退散。没有一个人不领受到祝仪的服装。对于身份高贵的人，另外添加赠品。

左大臣赠予源中纳言的是骏马二匹，世间有名的筝琴二张。此外，对于所有供职人员，都按照其身份而赏赐衣装或腰带。

道赖大纳言曾对源中纳言的长子越前守说："此次祝寿，一切依照你的计划办理。"把全权委托给他。因此越前守用心办理，一切尽善尽美。

源中纳言一家，被挽留在三条邸再住两三天，然后送回。夫人对于丈夫如此深厚的热情，衷心感激。丈夫道赖大将也觉得能尽心孝敬，非常满意。

卷 四

　　不久，源中纳言的病逐渐沉重起来。道赖大将觉得可怜，深为慨叹。便在许多寺院里举行加持祈祷。

　　源中纳言说道："我在世间已无遗憾，生命不足惜了。何必徒费手续，作此祈祷!"病势恶化了。

　　他说："这回看来是要命终了。之所以希望少延残喘者，只为了自身长年不遇，使得后辈们至今还当小吏，不能升官，乃一大耻辱耳。我想，近蒙大将如此优待，如果我的老命尚存，总还有晋升的希望。但倘就此死去，则结果是命里生成不得当大纳言的了。只有这一点是遗憾。除此以外，我死后面目都有光彩，恐怕没有人能出我之上了。"他如此叙述胸中感想。

　　道赖大将听到了，觉得非常同情。夫人叹道："最好能够让他升任大纳言。即使只当一天也好。这样，便可使他毫无遗憾了。"

大将听了夫人的话，便思量设法给他升官。然而，在定员以外再任命大纳言，是不行的；占夺他人的官职，也不可以的。好，就把自己的大纳言职位让给他吧。就去向父亲左大臣请愿：

　　"我有这样的想法：因为他虽然有许多子孙，都尚未成人，不能为祖父尽力。所以我想把我的大纳言职位让他。要请父亲玉成其事。"

　　左大臣答道："这很容易，你不需多虑。只要向皇上如此奏闻就好了。你当不当大纳言，是不成问题的。"这时势是他可以自由操纵的，所以他说这话。大将大喜，立刻向天子奏闻，拜领了源中纳言升任大纳言的宣旨。

　　新大纳言闻知此事，不胜欣喜，在病床中淌着眼泪拜谢。女儿落洼能使老父如此满足，功德实甚深厚。

　　源大纳言为了这件喜事，从病床中起身，特派使者去寺庙向神佛许愿。

　　寿命虽有定数，但别人都希望它稍稍延长，他自己也立愿要延长，果然有了效验。他的病略见好转，气力也有了，便从病床中起身，选定吉日入宫谢恩。把应该办理的事情分别交人办理，说道：

　　"我有七个儿子。然而其中哪有一个孝子能使我从今世转入来世时尝到欲喜的滋味呢？过去完全是为了在短暂时期把一个神佛一般的女儿加以疏慢，而获得了不幸的果报。两三个女儿，都招了女婿，但至今还是只顾自己的利益。不仅如此，还招得了一个莫名其妙的女婿，给我带来忧愁和羞耻。比较起来，道赖大将这个女婿，我丝毫没有一点好处给他，却如此诚心地照顾我，真使我汗颜愧悔。我瞑目之后，我的儿子和女儿，都不可忘记代我向他报恩。"他诚惶诚恐地说这话。

他的夫人听见了，心中略感不快，她想，你早点死了就好。她满肚子不快。

入宫的日子到了。源大纳言打扮得很漂亮，首先来到道赖大将邸内。正好大将夫妇都在家，他便行礼道谢。大将连忙上前拦阻，说："这是不敢当的！"

大纳言说："我对朝廷并不觉得多么恩宠，只有对你一个人，心中感激万分。今世看来是不能报恩了。我死之后，灵魂一定永远守护你家。"

他退出之后，又去参见左大臣，然后入宫。赠送各人的礼品，一概照例，非常丰厚，恕不详述。

从这天起，大纳言的病又沉重起来，躺在床上，反复地说："现在我对这世间已毫无挂念，随便什么时候死去都可以了。"

大将夫人听说父亲的病已无希望，便来到大纳言邸内。父亲不言感谢，只觉得欢喜。五个女儿都来床前看护。但大纳言对于她们的照顾，并无什么感觉，只是大将夫人在他枕旁，使他心生欢喜。由于这欢喜，元气恢复，饮食也渐渐入口了。

但病势终于危笃。源大纳言在一息尚存的期间，想把家中财产加以处理。他看看子女们的性情，觉得兄弟之间感情不好，姊妹之间也缺乏亲爱，将来一定会发生争执。便叫长子越前守到枕边，把各处庄园的地契，以及玉带等物拿出来，予以分配。

就中比较珍贵的东西，都给大将夫人落洼作为纪念品。他说："别的孩子，决不可以妒羡。即使是同样尽心孝养的人，遗产中优良的物品，总是留给身份最高的人，这是世间的习惯。何况对于长年以来一向照顾我的人，即使一点东西也没有，也非感谢不可。"他郑重其事地说这话。子女们都觉得有理。

大纳言又说："这所房子虽然旧了，但地面宽广，环境很好。"他把这房子也送给大将夫人了。

继母听了这话，忍不住哭起来。她说："你说的果然不错，但我不免怀恨。我和你从年轻时就做夫妻，我照料你直到六七十的高龄，全心全意地依靠你。我们两人之间又生了七个子女，为什么不把这房子送给我呢？你这办法是没有道理的。你看定子女们都是不孝的，但是请你看看世间做父母的：即使对于最没出息的子女，想起自己死后他们生活如何，也是要痛心的。大将方面，拿不到这所房子，毫无关系。大将要建造无论怎样讲究的房子，随时都可以建造起来。那三条的房子，我们用尽心血，建造得尽善尽美，也已送给他们了。儿子们没有房子，倒还无妨。还有两个已有夫婿的女儿，都没有像样的家，不过结果总是有办法的。只有老年的我和最小的两个女儿，如果从这屋子里被驱逐出去，叫我们住到哪里去呢？难道站在大街上讨饭不成？你的话岂非太没道理吗？"她边哭边说。

但大纳言说:"你这话不是说我要抛弃自己的子女吗?我虽然不给他们住漂亮的房子,但决不会叫他们去向人讨饭。虽然多年来靠子女服侍照顾,但做子女的总得孝养父母吧。越前守!你必须和我的一份合并起来,孝养你的母亲。讲到三条的房子,那不是我们的产业,本来是他们所有的。大将也住在这里头。我倘不把较好的东西献给他而死去,便是太不知情了。无论何人,无论怎样说,我决不把这房子传授给你们。我是命尽于今天或明天不得而知的病人,你们不要使我忧恼吧。此外,不要再多讲了。我痛苦不堪呢。"

夫人还想说些话,但子女们群集拢来,阻止并安慰她,不让她再说了。

大将夫人听了这些话,便向父亲劝请,说道:"关于这房子,母亲说的很对。我们呢,一点也不要领受。务请大家分得吧。尤其是,大家在这里住得很长久了,移居到别处去,是不成体统的。所以,就请送给母亲吧。"

但独断独行的大纳言,坚持不听劝告,他说:"罢了,等我死后由你们办吧。"他藏有几根世间少有的宝带,都拿出来送给了大将。

越前守等心中略感不满。但是在父亲所最钟爱的大将夫人面前,不便说长道短,所以大家默默不语。

这样,大纳言所要处理的事情,都已随心所欲地办好了。他看看大将夫人,感到欢喜,反复地说:"托你的福,我有了面子。"便请托她:"我身后,有许多无依无靠的女儿。务请你不要见弃,大力照拂她们。"

大将夫人答道:"我一定遵命。凡我能力所及,一切定当效劳。"

大纳言说:"啊,我真高兴!"又对女儿们说:"女儿啊,万事不可违背她的意旨。要把她当作主人看才好。"

他郑重地说完了这遗言,便衰沉下去。大家悲叹啜泣。大纳言终于死了,时在十一月初七日。

享此高龄,死去并不特别可悲。虽然如此,但人情总是难免,子女都哀号恸哭,叫别人听了伤心。

此时道赖大将陪着小孩们住在三条邸内。但自己天天到大纳言邸内来看视。他深恐自己身体不洁,所以站着表示哀恸。葬仪等事,他准备自己来照料。

但父亲左大臣坚决阻止他说:"新帝即位不久,你这样长期请假是不相宜的吧。"

夫人也说:"把孩子们接到这里来,则因有禁忌,是不可以的。叫孩子们留在三条邸内,你不去,也不放心。总之,你不要到此地来。"

继母孀居,大将就在自己邸内度过不习惯的生活,和孩子们做伴,寂寞地过日子。但他看见大纳言猝然长逝,就深深感到应早点多尽些义务。

大纳言命终后第三日,适逢吉日,便举行葬仪。随从大将来送葬的，有四位、五位的官员不计其数。真如已故大纳言所说，死后面目光彩无比。

在忌中，全家的人都移居在低小的丧舍中。请许多高僧在正厅里做佛事。

大将每天亲自到场，站着指挥众人。夫人穿着深褐色的丧服，天天素食，面色略见清减。大将觉得可悲，对她吟道：

> 袖头积泪如渊海，
> 我泪与卿合并流。

夫人答道：

> 泪多双袖重重湿，
> 丧服原来不会干。

日复一日，三十日的丧忌已经终了。大将说："回到那边去吧。孩子们等久了。"但夫人说："不要，再稍迟些，等到满了四十九天再回去吧。"大将没法，晚间依旧宿在故大纳言邸内。

光阴荏苒，转眼满了四十九日，便在正厅里举行最后的法会。这回是丧忌满期，大将的排场特别盛大。故大纳言的遗孤，分别依照自己的身份而作供养。这法事隆重无比。

法事终了之后，大将对夫人说：“好，回去吧！再住下去，又要被关进贮藏室里去了。”

夫人说：“唉，你这话好难听啊！千万不要说这种话。如果被母亲听到了，总以为我们不忘旧怨，双方感情就丧失了。母亲是父亲的替身，我以为对她也要有好感。”

大将说：“这话当然是对的。今后对于姊妹们，你也要表示亲爱才是。”

越前守听见他们即将回去，便拿了亡父决心要送给他们的东西和各处庄园的地契，赠予大将，说道：“这些东西实在是不足道的，但故人遗言如此，故必须奉呈。”

大将一看，是三根宝带，其中一根就是以前他自己送给大纳言的。其他两根，品质也并不低劣。此外还有庄园的地契和这所房屋的绘图。

大将对夫人说：“他们拥有很好的领地呢。这房子为什么不送给母夫人和小姐们？是否另外还有好的场所？”

夫人答道：“没有。这房子大家住得很长久了，所以我们不受，送给母亲吧。”

大将说：“那很好。你即使不拿到这房子，有我在这里，并无困难。为了送掉这房子，他们都怀恨在心吧。”

夫妇两人交谈之后，大将便呼唤越前守，对他说道：“我要问你：你大概知道这件事的详情吧。为什么送给我们这么多的物品呢？因为你们是大户人家，所以不好意思不送，对吗？”

越前守答道："不不，绝对不是这个意思。只因父亲临终前，各种事情都处理好，交给我照办的。"

大将说："你这操心是多余的了。这所房子，大家住得很长久了，怎么可以送给我，我早已辞谢了，应该归母夫人受得。还有，这两根宝带，你和你的弟弟卫门佐每人一根。美浓领地的地契和这根宝带，归我受得吧。因为过分辞让了，有负故人的厚意。"

越前守不同意，说道："这使我为难了。即使不是故人自己分配，大将也应该取得的。况且这是遗言，怎么可以违背呢？而且，各人已经分得些了。"

大将说："你的话真奇妙了。如果我的意见不合理，固然是不好的。然而，你只要依照我所说的去做，就等于我收受了。只要我在这里，我们是一点困难也没有的。这里有好几个子女，他们的前途，也不须担心。三小姐和四小姐早就没有可依靠的夫婿，我正想尽力来照顾她们。这产业就请加入她们所得的份额内吧。对于上面的两个姐姐及其夫婿，我正设法帮助他们呢。"

越前守恭谨地接受了大将的厚意："那么，我就把尊意向大家传达吧。"说着，便起身告辞。大将又说："如果他们说要退还，你切不可以再拿回来！一件事情翻来覆去，讨厌得很。"越前守说："那么，这宝带就请留着给随便哪一位用吧。"大将说："以后我倘有需要，自会来拿。彼此都是自己人呀。"他一定不受。

越前守回去，把大将的话向母夫人及诸姐妹传达。母夫人说："这房子我很爱惜，现在我真高兴。"她口上虽然如此说，但心中想：他当作自己的产业来让给我们，教人气愤。说道："难道是那个落洼小姐吩咐他这样办的吗？唉唉，我真倒霉！"

越前守听见她这样地发牢骚，心中冒火，冷淡地对她说道："你这是真心话吗？过去你对她做了许多无法辩解的可耻的事，应该觉得惭愧。现在这话，是人说的吗？你是准备败坏我们吗？从前你厌恶她的时候，她受尽了虐待，多么痛苦！现在反而仇将恩报。你却一点也不知感谢，竟说出这种话来。由此推想，可知从前你对她，骂得多么厉害！你称她为落洼，怎么叫作落洼？对别人、对自己，都是不合乎常理的。"他狠狠地责备她。

夫人说："我从她受得了什么恩惠？已故的大纳言，是她的生身父亲，才应该受恩惠呢。我稍微说错了一点，叫她落洼，有什么不合常理的呢？"

越前守说："你真是个不通道理的人。也许你以为你自己没有直接受到恩惠吧。但是你想，弟弟大夫晋升为卫门佐，是托谁的福？我景纯本来只是一个越前守，现在当了大将的家臣，爵位晋升，是谁促成的？大将不是一直这样照顾我们的吗？还有几个弟弟，他们将来立身处世，完全要靠大将提拔呢。首先是，你没有房子，大将如果收受了这房子，今后你打算到哪里去度日呢？请你好好地想想前情后事。只要想想目前这一件事，就非感谢不可吧。我景纯当个郡守，并非没有收入。然而只能养妻子，没有多余的生活补贴可以送给你。现在也没有送给你多少，就因为我对你这母亲感情淡薄之故。连亲生的儿子，也对你如此疏慢，不加照顾，请看这种世态。所以对于大将的无微不至的照拂，自应感激涕零。"他提出种种理由来教导她。母亲也许是有所感悟了吧，默默不语。

越前守就郑重地说："那么，这回信怎样写法呢？"

母亲答道："我不知道。我一开口，你就说我有偏见啦，什么啦，闹个不清，我听了厌烦得很。让你这样有学问的、懂事的人，去好好地考虑一下，写回信吧。"

越前守说："你不要当作别人的事而说这种话。这是你的事呀！大将说要设法帮助你，是他那位夫人的意思。即使是对同胞姐妹，哪里有这样诚恳的关怀呢？"

母亲被说得困窘了，答道："也许大将是这样说的。但对我有什么好处呢？无聊得很！你看：我所得的丹波的庄田，一年一斗米也收不到。还有越中的庄田，那样的乡下地方，运送也很不容易。而二姑娘的丈夫弁姑爷的土地，一年可收到三百石以上。这遥远而低劣的庄田，就是你选给我的。"她任情地责备越前守。

然而大家都知道，这是已故的大纳言分配定当的。所以旁人都说："不要这样地胡言乱语。如果这是事实，才好教人相信。应该互相帮助的母子之间，竟会有人怀着这样的心肠，何况……对前途应该是满意的吧。"

夫人说："唉！好厌烦啊！大家集中起来攻击我，把我赶走了吧。总之，大概是因为大家穷困，为了贪欲才说这种话的吧。"

正在争论之时，越前守的弟弟左卫门佐也来参加了。他对母亲说："不是这样的。高尚的人不会任情任意，身世越是贫乏，志操越是优美。有事为证：大将的夫人住在这里的时候，几曾听见她有一句不满意的话？哪里？她一句话也不曾说呢！她对于母亲那种刻毒的话，从不反抗。她的态度和言语常是镇静的。"

夫人说："好，索性让我死了吧。大家怨恨我这做娘的，把我当作一个恶人看待。结果，恐怕你们都要担当不孝之罪吧。"

左卫门佐说："唉，对不起，对不起。我什么话也不再说了。"兄弟两人就相继离去。

母夫人倒有些担心了，叫道："喂，喂，那封回信代我写写吧。"她唤他们回来。但两人如同不听见一样，溜之大吉。

左卫门佐对哥哥说："我们怎么会有这样不通道理的一个母亲呢。我想去向神明佛菩萨祈祷，把她的心肠改变一下才好。这样下去，在我们自身也是一个大问题呢。"他就同哥哥越前守商定了对大将的回信，信中说：

"拜读来信，不胜感激。此间诸人，所信赖者唯有大将一人。赐下各处地契，深恐违反故人遗志，顾虑实多。然又不敢忽视尊意，只得暂且收受。唯此邸宅，乃故人诚心奉赠之物，转赐他人，恐有未便。主要是对亡父在天之灵，过意不去。故此屋契，务请收领为荷。"把房屋的契纸退还他。

越前守拿了这屋契，站起身来的时候，母夫人一想，真个要还他了，心中非常不安，便喊道："为什么把这个拿去？他不是已经说定了吗？快点拿到这里来！"她唤他回来。

越前守说："你不要这样疯头疯脑。这是重要的东西，说什么拿来拿去……"他不睬她。

且说大将听了越前守的话，说道："这屋契如果送给别人，是会使已故的大纳言不快的。这是你们一家所住的屋子，今后让给三小姐、四小姐，不是一样的吗？你们快收领了吧。"说过之后，大家回三条邸去了。

大将夫人临行之时，对诸姐妹说："我过几天再来看望你们。请你们也到我们那边来玩。我要代替已过的父亲来照顾你们和母亲。无论需要什么，请吩咐我，不要客气。要同自家人一样相处才好。"

此后大将夫人每天派人送东西来。有趣味的东西送给姊妹们，日用品送给母亲。遣使朝夕往还，比大纳言在世时更加亲热。母夫人毕竟渐渐感悟了。她想，自己有许多亲生子女，但儿子们对她都很冷淡，只有这个非亲生的女儿，反而对她自己和姊妹们如此亲热，真是可感谢的。

不知不觉之间，一年已经过完。

春季除官时，父亲左大臣升任为太政大臣；这道赖大将升任为左大臣。同时，诸弟也顺次晋升。无暇一一详述，暂且从略。世人和诸姊妹都庆喜左大臣夫人的幸福。

已故源大纳言家二小姐的丈夫少将，家道贫乏，希望获得一个郡守的位置，向道赖左大臣的夫人求情。左大臣看他可怜，给他当了美浓郡守。越前守今年已满任，此人处理地方政治颇有才能，提拔并不费力，立刻升任了播磨郡守。其弟左卫门佐升任少将。

谁都全靠道赖左大臣一人的庇护而立身。他们聚集在母亲身边，欢庆谈笑，说道："你看如何？现在你还能说不受恩惠吗？所以今后切不可信口骂人啊！"母亲心中的牢骚也平服了。

此时世间纷纷传说："今年春季的除官，只是为了这一族的光荣幸福。"

这样，道赖左大臣可以从心所欲地任官或免官。所以父亲太政大臣自己所做的事情，也要先和左大臣商量。如果左大臣说"这不行吧"或"请勿如此"，父亲即使要做，也要加以考虑了。又，太政大臣自己认为不好的事，经儿子两三次劝进，也无不照办。所以除官的时候，连职位极低的人，也托这位左大臣之福而晋升。

道赖左大臣相当于今上的伯父，所以今上对他另眼看待。此人身任左大臣，天赋与贤明的才能。对于他的主张，公卿中没有一个人能加以辩论。父亲也认为在诸子之中，此子最为优越，所以特别疼爱他，对他竟有敬畏之感。因此别的儿子，对待他反而像对待父亲一般。

世人都明白知道这种情况，他们说："与其替太政大臣服务，还不如替左大臣服务。太政大臣也是重视这儿子的。"于是略有希望的人，无不来替左大臣服务。他家中人们出入不绝，非常繁荣。

已故源大纳言家二小姐的丈夫美浓守出门时，道赖左大臣夫人送他许多优美的物品作为饯别。道赖左大臣赏给他一副马鞍，教诫他道："这里对你的饯别如此丰盛，是为了有几句话要关照你。今后你赴任地，必须关心国政，不可失错。如果我听到你有疏略的行为，今后就不再睬你了！"

美浓守恭谨地接受了教言，庆幸自己有这个妻方的亲戚，回家后就把这事告诉妻子二小姐。二小姐也很欢欣，对他说："左大臣叫你勤理政务，不可疏误。你一身沉浮，完全出于他的恩惠。"

此外，道赖左大臣想给三小姐和四小姐找求适当的配偶，秘密地察访人才。然而找不到适当的男子，甚是遗憾，常常对夫人说起这事。

母夫人于大纳言在世的时候，已曾替三小姐和四小姐置办冬夏衣装及其他物品，甚是周全。这也是随着亡父在世时爵位晋升，万事受到照拂，因而如此丰富的。这期间有时诞生孩子，有时庆祝冠礼，无暇一一叙述。

道赖左大臣的长子若君，今年已经十岁，身材魁梧，性情贤慧，入宫任职，并无不称之处，就推荐他到太子宫中，当了殿上童子。

若君学问丰富，行动敏捷。天皇也还很年轻，把他当作很好的游戏伴侣。天皇吹笙的时候，常把吹法教给他。因此父亲左大臣也非常疼爱这孩子。

在祖父太政大臣身边抚养起来的次子，今年九岁，看见哥哥入宫了，他的童心中不胜艳羡，说道："我也想早点到宫中去。"祖父异常疼爱这孩子，说道："你何不早说？"立刻要把他也送到殿上。他父亲说："他年纪还小吧。"祖父袒护他，说道："不打紧，他比哥哥聪明得多呢。"父亲一笑置之。

不但如此，祖父太政大臣入宫，向人宣称："这孩子是我这老翁最珍爱的孙子。请大家另眼看待他，比他哥哥加倍地提拔他。他办事的手段也在他哥哥之上呢。"回到家里，时时对家人说："大家把他看作太郎吧！"像口头禅一样。便称呼他为弟太郎。

他以下的一个女孩，今年八岁，是天生丽质。大家特别怜爱她。她的妹妹今年六岁，最小的男孩今年四岁。他们的母亲似乎又有喜了。因此之故，大家重视道赖左大臣的夫人，并非无理的。

太政大臣今年六十岁，左大臣替他做寿。仪式之隆重、寿宴之丰盛，竭尽当代之精华。一切详情，任读者想象吧。

当天叫两个孙子表演舞蹈。两人都表现得非常优美。祖父大臣淌着欢喜的眼泪观赏。

凡是应该做的事，都不放弃机会。一家荣华富贵，声望日渐增高。

一年已经过去，左大臣夫人脱下了父亲的丧服。已故大纳言的几个儿子，生涯都很得意，所以这最后一次佛事做得十分体面。母夫人也知道儿子们的荣达都是托左大臣夫人之福，真心地感谢。因此左大臣夫人也很欢喜。

左大臣想早点替三小姐和四小姐找求夫婿，常把此事挂在心头。然而总是没有合格的人，颇感烦恼。忽然听到，有一位将赴筑紫当元帅的中纳言，突然死了夫人。经他调查，此人品性极佳。他就动了心，在宫中和他相见之时，有意和他亲近。有一次适逢机会，便向他隐约地提出这件婚事。元帅说："这真是好极了。"口头作了约定。

左大臣回家对夫人说："我已经和这样的一个人有了约定。此人也是上级公卿，人品又很出色，你看给三小姐好呢，还是给四小姐好？给哪一个好呢？"

夫人答道："这应该由你做主。不过我的意思，给四小姐好。因为她以前有过那件不快的事情，再嫁个好的，可以让她元气振作一下。"

左大臣说："据说对方在本月月底要赴筑紫，所以早些结婚才好。请你把这意思转告你继母。如果同意，就在这里举行婚礼吧。"

夫人说："写信呢，事情复杂，不胜其烦。我自己去同她面谈呢，又嫌过分张扬。不如把少将或播磨守唤来，由你对他说吧。"

次日，左大臣夫人把少将唤来，对他说："我本当自己到你们那里去的，只因手头有点工作放不下，所以……为的是这样的一件事，不知你们以为如何。一个女子独居闲处，原是很安乐的。然而，生怕发生意外之事。而且，那人是个非常漂亮的人物。所以，如果大家没有异议的话，就请四小姐到这里来，由我们帮她办事。"

少将答道："那是不敢当的。即使是不好的事，左大臣说的话，我们岂敢拒绝。何况这是一件极好的事情。让我回去向大家传言吧。"

少将连忙回家，对母亲说："左大臣这样说。这是一件极好的事。不管对方是怎样一个人，左大臣当作自己的女儿一般地主办这件婚事，我们决不可以疏略。为了那白驹的事件，我们忍受了世人种种非笑。左大臣的意思，就是要替我们洗雪这种耻辱。听说那男子今年四十多岁。父亲在世之时，曾为此事操了不少心，然而找不到这样好的机缘。左大臣提拔我们，无微不至，比父母还周到，实在是可感谢的。早些儿叫四小姐到三条邸去才是。"

母亲听了他的劝告，答道："我身如果有了三长两短，这个人照现在那样住在家里，是很可担心的。所以本想在一般公卿中找一个相当的人物。现在说的那个人，爵位很高，真是再好没有的事了。左大臣如此无微不至地关心我们，令人感激。他比夫人更慈悲呢。"

　　少将说："这是由于左大臣非常钟爱夫人，所以连我们也受到余惠。夫人常常要求他：你如果爱我，就请不分男女地照顾我母亲的孩子。因此我们能有这样的幸福呀。像我这样微不足数的人，对于女子，尚且要七搭八搭地结交。而那位左大臣呢，似乎认为天下除了这位夫人之外是没有女子的。他到宫中去，皇后身边的侍女之中虽有很多美人，他决不同她们搭讪，决不同她们交谈。夜间也好，早上也好，他朝罢马上退出，决不在外宿夜。女子之受钟爱，可举这位夫人为实例。"

　　少将又说："不过，她本人意见如何，请你问问她看。"

　　母亲就派人去叫四小姐到这里来，对她说道："有这么这么的一件事，是左大臣说的。我们都认为：对于成了世间笑柄的你，实在是一件很好的事。你以为如何？"

　　四小姐面孔红了，答道："这果然是一件好事。不过，像我这种人，身世茫茫……怎么能做这样的事呢？被对方知道了也可耻，因之与左大臣的面子也有关。这种世故人情，非考虑不可。我因身世如此不幸，曾经想出家为尼。因为想在母亲在世期间，把这些子女抚养长成，也是一点孝行，所以忍耻偷生直到今天。"说罢嘤嘤啜泣。少将也觉得她如此痛苦,甚是可怜,就陪着她流眼泪。

母亲说:"唉,不吉利的!做尼姑有什么好呢?还得改变想法,只要能够度过荣华的日子,即使短暂,也可知道世间有这等幸福。所以你应当听从我的话,成就这件亲事。"

少将问:"那么,怎样回复他呢?"母夫人说:"这个人这样说了。但我认为这是再好没有的事。所以应该如何,由你去从长处理吧。"少将答应一声"是",便起身前往。

少将来到三条邸,把事情一一陈述了。夫人听了,觉得四小姐十分可怜,叫少将去安慰她:"她有这种想法,原也是难怪的。但中间此种事例多得很,希望她胸怀放宽大些。"

左大臣听了少将的话,说道:"母夫人既然同意了,即使本人表示有所困难,也是早点做吧。元帅是个好男子。他月底就要下筑紫去。他的意思是最好早日成婚。所以叫四小姐早点到这里来。"

他这样命令了少将之后,拿起历本来一看,本月初七是黄吉日。这真是天作之合了。人们的服装,这里有预先准备着的,可以使用。仪式就在西厅举行。左大臣胸有成竹,便命令整理西厅。

派使者去催:"请四小姐快快迁居过来。"母亲和其他所有的人,都催促她走。但她本来不愿如此,因而感到痛苦与悲伤,瑟缩不前。母亲责备她:"即使非为此事,左大臣召唤,岂可不去？你真是个顽强的人！"就把她送到三条邸去了。车中由两个年长的侍女和一个童子陪伴着。

她和那白驹所生的女儿，已经十二岁了，不像父亲，非常可爱。她希望跟母亲一同去。但因不成体统，硬把她留住了。四小姐和她分别，不胜悲伤。

左大臣等候很久了。会面之后，就把情况告诉她。四小姐反比初次结婚时更加怕羞了，差不多一句话也不回答。她比左大臣夫人小三岁，今年二十五岁。她十四岁上和白驹结婚，十五岁就做了母亲。左大臣夫人今年正是二十八岁的盛年。

结婚仪式以前，初三、初四两天，左大臣夫人陪伴着四小姐，郑重其事地照料一切。

到了初七日，大家移居到西厅。四小姐的随从人等，衣服已经破旧的，一概另发新衣。随从的人太少，左大臣夫人在自己的侍女中选出年长的三人，童女一人，加入其中。当天的装束，以及其他设备，都很华丽，母夫人和异腹的诸姊妹，都集中在西厅了。

将近日暮，左大臣亲自来来去去地指挥。四小姐的弟弟少将睹此情形，觉得欢喜，又觉得不敢当。

元帅于夜阑时分来到，由少将奉陪。

四小姐看见元帅人品优越，加之左大臣如此热心照料，觉得现在只有死心塌地，出席迎候。

元帅也感觉快适，非常满意。二人之间交谈的情话，笔者不曾听到，恕不记述了。

天明时分，元帅回去了。左大臣夫人不知元帅对四小姐感想如何，有些担心。左大臣说："恋爱的伴侣，即使没有情书重重叠叠地往还，也能长久地和睦共处，世间确有其例。这绝对不是疏远。不过，女的方面不肯开诚解怀而瑟缩不前，是不好的。当年我送给你情书的时候，并不像世间一般情夫那样地沉闷晦涩，一想起就来求爱。等到一度相逢之后，如果这恋爱随随便便地切断了，多么伤心呢！现在想起了也觉得可惜。为什么有这样的心情呢？"说罢，两人一同来到西厅。

四小姐还在帐中睡觉。母夫人喊她起来。此时元帅的慰问信来了。左大臣接了信，说道："我本想先看一看，恐有秘密事情，不得不顾虑。你看过之后，如果可以的话，务请给我看看。"便把信塞进屏风里面。母夫人接了信，交给四小姐。但四小姐并不立刻展读。

左大臣夫人说："那么，我读给你听吧。"就拿信来看。四小姐想起了从前那白驹给她的信，生怕又是那样的话，所以有些担心。只听见读出来的是：

今日逢君深恨晚，

思君心似海边砂。

是引用古歌的精神。古歌云："刻骨相思何日忘，今朝行露起身归。"

左大臣夫人催促她："快点写回信吧。"但四小姐不肯写。左大臣在帷帘外面，大声地叫："把信让我看看好吗？为什么看得这样仔细？"夫人把信从帷帘中递出来。左大臣看了，说道："嗟！写得很简洁呢！"把信递进帐中，说："好，写回信吧。"夫人便准备纸笔，催促她写。

四小姐生怕自己的笔迹被左大臣看到，有些顾虑，不立刻就写。左大臣夫人说："唉，这算什么呢！快点写吧。"四小姐漫不经心地写道：

> 定有私情非属我，
> 佳人多似海边砂。

她把信纸折好，递出帐外。左大臣说："让我拜观一下。看不到这回信是可惜的啊！"说时态度非常美妙。

照例赏赐送信来的使者。元帅定于二十八日乘船出发。所以离开京都的日子必须稍早一点。

结婚后第三日之夜的庆祝会，左大臣办得非常体面，同初婚人一样。

他对夫人说："做女子的，倘有父母疼爱她，丈夫对她的爱情也会增加。这个人没有父亲，更加可怜。所以请你也多方地照顾她。她的婚事是我们主办的，倘有疏慢，对她不起。"

夫人想起了从前自己无依无靠之身,初次和丈夫相逢时的情形,说道:"不知道你那时候是怎样想的。阿漕非常担心,怕我将被你遗弃。为什么你自从和我初次见面开始就这样地喜欢我呢?"

左大臣满面春风地笑着答道:"阿漕担心你会被我遗弃,是胡说八道。"他靠近她身旁,继续说道:"自从你被称为落洼而受虐待的那天晚上开始,我对你的爱情就增加了。那天晚上我躺着考虑的计划,后来果然完全实现了。为了报复,我尽情地惩罚了他们之后,又打算提拔他们,教他们又欢喜又狼狈。因此这样热心地照顾这位四小姐。她的母亲也许感到欢喜吧。景纯等都是明白了解的。"

夫人答道:"母亲好几次说过很欢喜呢。"

日暮时分,元帅来到了。这是结婚后第三日的庆祝,随从人员都受到各种赏赐物品。第四日起,天气晴朗,新夫妇于日高时分从容地归去。

元帅态度稳重,眉清目秀,没有一个人对他发生恶感。同那个白驹是不可比拟的。

他说:"下去的日期迫近了。还有许多事情要准备呢。但我早上回家,晚上到这里来,时间受了限制,很不方便。我看还是到我那边去吧,那边正好空着呢。随从的侍女们也可使唤,早点儿准备吧。已经只有十天了。"

四小姐说:"叫我离开了亲近的人们,到那么遥远的地方去，真是……"

元帅答道："那么，叫我一个人去吗？这样，做了几天夫妻就分别了。"这调笑也恰到好处。

元帅心中想：此人相貌倒很好，但不知性情如何。他略有些不满意。然而这是那样高贵的人介绍给我的妻子，说道今明日就要下去而把她遗弃，是不行的。就对新夫人说："凡事都要同心协力才好。"就不管她答应不答应，决定把她迎回家去。

左大臣笑道："这真是个世间独一无二的好女婿。立刻要把她领回家去了。"陪送的人，是适当的几个家臣和熟悉的几个人，车子三辆。

三条邸内的几个侍女，不愿意再去随伴他们，懒得动身。但左大臣夫人说："还是要陪去的。"硬把她们加入在内。因为她不便亲自护送她到元帅家里。

元帅家里的侍女们相与议论："很快地另娶一位太太来了。这回的新太太不知怎么样。但愿她疼爱这些孩子，不要亏待他们。这是高贵的左大臣的亲戚，恐怕架子很大的吧。"

前妻所生的两个儿子，长子是某地的权守，三郎已从藏人升到王位二部大夫。最近故世的第二位夫人生下一个女儿，今年十一岁。还有一个两岁的男孩。这两人是父亲所最疼爱的。

太郎权守和三郎二部大夫，为了给父亲送行，向朝廷请了假，准备陪同赴筑紫。元帅对各人都有赠品：诸人服装的衣料、绢二百匹，还有许多染草全部交给新夫人四小姐去分配。

但是，自幼娇生惯养是可悲的。四小姐眼前摆了这许多东西，不知道怎样处理才好。她就派人去请教母亲，对她说："丈夫把绢料等物交给我，叫我怎么办才好？三条邸带来的侍女都是年轻人，不能同她们商量。而且，我希望和母亲见面，又想看看我的孩子。请你们悄悄地到这里来。"

母夫人把少将唤来，对他说："你妹妹派人来对我这样说。我今夜悄悄地去吧。你给我准备车子。"

少将说："你说悄悄地去，但恐怕不会不被人发觉。况且，旅行之际，车辆的行列很整齐，你带小孩去，不成体统吧。而且，元帅有一个十岁光景的女儿，是他的先妻的遗念，时刻不离左右。你再带女孩去，相见岂不可悲？所以还不如去向左大臣夫人处表示拒绝。如果她说可以去，你就去吧。"

母夫人想，事情不成功了，恨恨地说："难道不得左大臣老爷的许可，母女别离也不得会见一面吗？"又说："唉！这位老爷在这里，什么事情也不容易办了。在从前，我是使唤别人的；现在呢，被别人使唤了。真伤心啊！赞成我的话的儿子，一个也没有。"

少将想：又是老毛病发作了，便回答她说："你说的什么话！四妹妹因为没有人商量，所以要你去。你这样地骂她，不应该的！"说过后就躲避了。

原来母夫人虽然嘴上常常感谢左大臣的照拂，但旧恨多少还没有消尽，所以说这话。

少将来到左大臣邸，向夫人告知此事，他故意不说内容详情，只说"母亲非常想念她"。

夫人说："这原是难怪的。快点陪同她前去吧。"少将说："不过，元帅并不希望她来，突然前去，不嫌唐突吗？"

夫人说："这也说得是。那么，你自己先去，当着元帅面前，向四小姐传达母亲的意思。你可这样说：母亲想念得很，要请你回去一下，即使一刻儿工夫也好。远行的日期迫近了，她很悲伤，又很寂寞。如果方便的话，她想到这里来，趁你们在京城的期间，再会面一次。——你可这样说。那时元帅总有话答复你。他自然会了解你母亲的心情。那么，你们到那边去也好，四小姐到这里来也好。不过，这个女孩子，决不可让元帅知道是四小姐生的。如果带她同去，表面上只说母亲一个人出门嫌寂寞，所以叫这个孩子陪伴。"

少将听了这番话，想道：真有见识！这样办是一点也不错的。她具有这理想的性格，大可赞佩。而母亲呢，不通道理，只知道无缘无故地生气，说的都是废话。

便答道："好，这话再妥当没有了。那么，我就这样办吧。"他就直接走向元帅邸内去。这个差使稍有点儿麻烦。但是母亲这样想念，自可同情。他就勉为其难了。

正好四小姐和元帅同在一起。少将对四小姐说："有话奉告。"元帅说："如果在这里不妨的话，就请说吧。"少将得到了允许，就照前述那样说了。

四小姐说："我也实在想同她会面。我也想念得很。所以我昨天说过，想前去访问呢。"

元帅说："你到那边去，须得我来往奔走，有些麻烦。失礼得很，请母夫人到这里来吧。如果有别人在，当然不方便。但这里只有几个小孩。如果嫌他们吵闹，可以叫他们到别的房间里去。我们在京城里，只有今明两天了。再不见面，怎么可以……"

少将觉得正中下怀，便说："母亲也为此悲叹呢。"元帅说："从长办理，早些儿陪她到这里来吧。因为叫她到那边去，很不方便。"少将说："那么，我就回去把尊意传达吧。"四小姐又说："你须得认真地劝告，一定要请她来啊！"少将答道："一定遵命。"便告辞而出。

他来到母亲这里，把左大臣夫人所说的话如实地讲给她听。母亲刚才是愤怒得青筋突起，样子很可怕，现在转怒为喜，说道："我一点也没有什么。左大臣夫人能够受到丈夫无比的怜爱，其理由可想而知了。她说话真是想得周到！我曾仔细想过，此人之所以能够交运，是因为有这个性格的缘故吧。"她如此称赞左大臣夫人。

母夫人能够去看望女儿，不胜欢喜，她说："啊，到那好地方去，要受人注目的。三女儿啊，你来，我想今夜就去。"

三小姐阻止她："你太性急了。明天去吧。"

天一亮，母夫人就急急忙忙地准备到元帅府去。她的衣服旧了，见不得人，为此心中懊恼，说道："服装室里不知有没有新一点的。"

正在这时候，左大臣夫人听见母夫人要出门，料想她一定没有新的衣服，派人送了一套新装来，另附一套给四小姐的女儿，叫使者传言："这套给孩子穿。出门应该穿得漂亮些。"

母夫人大喜，说道："被我虐待的这个前房女儿，对我比亲生子女还关心。我有子女七人，哪一个这样无微不至地照顾我？我正在想：这孩子和那边的人初次见面，衣服这样破旧，怎么办呢？现在真是高兴极了。"她异常欢喜满足，左大臣夫人为了她要到元帅府去竟替她如此周到地打算。

日暮时分，乘了两辆车子出发，不久到达。

四小姐见了母亲，不胜欣喜，和她详谈这几天来积集在胸中的话。

女孩几天不见，似觉长大得多了。尤其是因为穿着新装，更加可爱。四小姐抚摩她，依依不舍，说道："我正在伤心地思量着怎样可以把这孩子带去。只怕被人知道这是我的孩子，是可耻的。"

母夫人说："左大臣夫人也是这样说的。这真是考虑得周到！而且现在我穿着的衣服和这孩子的衣服，都是她送来的。"

四小姐说："此人情谊如此深厚，为什么从前疏慢她呢？她对我的关怀，反比父母对我更周到。她送了我一套膳食用具。侍女们的衣装自不必说，连帷帘、屏风等物也齐备，真是想得周到。如果她不送给我，以前早就住在这里的侍女们将对我作何感想呢？现在我真高兴。"

母夫人说："我受前房女儿的恩惠，越来越多了。你对元帅的前房子女，切不可以嫌恶，应该比亲生子女更加疼爱。我从前要不是那样地嫌恶她，就不会受到这样的耻辱，不会遭逢这样的痛苦了吧。虽然这些耻辱和痛苦也只是暂时的。"

四小姐答道："母亲说的的确很对。"

母夫人看看元帅，觉得此人威风凛凛，相貌堂堂，显贵之人的举止周旋，自是不同凡俗，她很欢喜。这一天邸内的人非常忙碌。

每天总有二三个新到的侍女来谒见，因此邸内非常热闹。容易感动的少将，对左大臣的恩谊非常感谢。

他的哥哥播磨守身在任地。四小姐再婚之事，还没有通知他。便派人前去告诉他："左大臣夫人如此这般照拂四小姐。预定本月二十八日乘船出发。到达之时，望设筵招待。"

播磨守欢喜无量。他是四小姐的同胞兄，尚且不能照顾她的婚事。因此他竟把左大臣看成神佛派遣到这世间来救护他们的人。

于是纷忙策划，准备迎接这位新任筑紫大二的船。这播磨守是个好人，完全不像他的母亲。

左大臣家里派来的几个侍女，要求回三条邸去。但三条的使者来指示她们："在京期间，一切无不照顾。若有愿意赴筑紫者，随从前往可也。"

侍女们想：在这里当差，并无什么辛苦。但现在这位主人，我们虽然只在短暂期间拜见，也觉得和我们的主人不可相比。原本在元帅府当差的人，随从元帅下筑紫去，是不得已的。但是我们呢，即使在同等程度的邸宅里当差，也要选择容易胜任的地方，这是人之常情。何况两者相差太多呢。舍弃了毫无缺陷的地方而跟随到筑紫那种地方去，不是正当的办法——连下级侍女也都这样想。所以陪同四小姐前往的人，一个也没有。

元帅带去的是年长的侍女三十人、童子四人、仆役四人。出发的日子越来越近了。四小姐的姊妹们都来和她话别。许多侍女齐集，都装扮得花枝招展。旁人看见了，悄悄地议论："她们有左大臣夫人照顾，都很幸福呢。"也有人说："这事的促成，还不是三条大臣的余光吗？"

后天就要动身了。四小姐认为应当到左大臣家辞行，便前往叩见。随从太多是麻烦的，所以只用三辆车子。她和左大臣夫人见面，所谈的话从略。

左大臣夫人对此次随伴赴筑紫的人，都有赏赐：精巧的扇子二十把，嵌螺钿的梳子，景泰窑的匣子，里面装着白粉。她对司理应接的侍女说："这些东西送给你们，作为我的纪念品。"传送这些物品的侍女，觉得夫人的关心真是周到，使得大家欢喜无量。她担任这个差使，亦觉欢喜无量。

受到赏赐的人们，感激不尽，大家向夫人表示忠勤之心，然后回元帅府去。她们私下议论："这邸内原也很好。但是一看三条邸，便觉派头又不同了。我们能够设法到那边去当差才好。"

次日，左大臣夫人派人送信来了。信中说道："昨夜我想，今后暂时不能相见，欲将胸中积愫罄述，生怕冬夜也特别短促。世事茫茫难自料，别后相思，愈觉可悲。正是

穿云渡岭遥遥去，

何日重逢不可知。'

送上微物，聊供旅途使用。"

送去的是景泰窑衣柜一对，一只里面装的是赏赐用的衣服裙裤；另一只里装的是给四小姐自己用的衣服三套，另有各种色彩的织物重重叠叠地装着。上面盖着一只同箱子一般大的旅行袋，袋内装着扇子一百把。

此外又附特别小型的衣箱一对，大概是送给四小姐的女孩的。一只箱子里装着衣衫一套；另一只里装着一只黄金的小盒，盒内盛着香粉，还有一只小巧可爱的梳妆箱。此外尚有许多东西，记不胜记。

另有给四小姐的女孩的一封信，说道："过了今天，即将离别，正如古歌中所咏：'可惜恋人留不住，白云一片去悠悠。'实甚可悲。

> 惜别牵衣留不住，
>
> 我心到处伴君行。"

　　元帅看见了这许多东西，说道："这都是很贵重的物品，何必这样地破费呢。"便重重犒赏来使。

　　四小姐的回信中说："欲诉心事，不知从何说起。正是：

> 离乡背井心悲戚，
>
> 别后去向认不清。

承赐种种物品，见者无不欢欣，正在赞叹不止呢。"

　　四小姐的女孩的回信中说："我也想在此期间，将种种心事奉告。我的心情，正如古歌中所咏：'不得分身随侍侧，灵犀一点伴君行。'正是

> 若得分身常侍侧，
>
> 同行同止不须悲。"

　　母夫人看了今宵四小姐送给左大臣夫人的答诗，惜别伤离，吞声饮泣。四小姐原是她的最小偏怜的女儿呀。她说："我已经年近七十了。怎么能再活五六年呢？一定是不得再见就死

去了。"说罢忍不住哭起来。

四小姐也觉得伤心，对母亲说："为此，我早就对你说过，这件亲事怎么办呢？是你劝我答应的呀。时至今日，无可如何了。你也不必如此伤心。将来总会见面的。"

母亲说："我几曾要你到这里来？这都是左大臣老爷的主意呀。一定是他恶意地摆布，使我遭逢这种忧患。这种事情，我怎么会感到欢喜呢？"

四小姐安慰母亲："到了现在，随便怎么说都是无益的了。我们必须暂时分离，也是前世预定的事。"

少将从旁劝阻："不要只管如此悲伤吧。母女相别，也不必如此相对哭泣三番四次地说个不休呀。这是不成样子的。"

元帅到左大臣府上去辞行。左大臣接见他，对他说道："过去承蒙厚意，至深欣幸。今后又须分别了。我有一个亲密的愿望：随伴四小姐的那个小姑娘，务请你多多照顾她。她是已故的大纳言所一向宠爱、在我身边养育长大的。母夫人为了她所疼爱的女儿独自远行，很不放心，所以要叫这个女孩伴随她。我也不好意思阻止。"

元帅答道："一定尽我的能力照顾她。"

日暮时分告退。左大臣送他衣装一套、名马二匹。此外还有种种送别的物品。

元帅回到邸内，把左大臣吩咐他的话告诉了四小姐，便问："这小姑娘今年几岁了？"四小姐答道："约有十一岁了。"元帅说：

"大纳言年纪那么大了，怎么会有这样小的孩子？"他全不知情地说这话，真是滑稽。

元帅接着又说："三条邸随伴来的人，就要回去了。你送了他们些什么东西？"四小姐答道："因为没有适当的东西，所以一点也不曾送他们。"

元帅说："这话不近情理了。这几天来他们那样地辛苦，难道叫他们空手回去吗？"他觉得难以为情，心中慨叹：这个人生性不大贤慧。便把剩余的物品取出来，送年长的人每人绢四匹、绫一匹、苏芳一斤；童子每人绢三匹和苏芳；下级仆役每人绢二匹和苏芳。侍女们都觉得元帅很客气，心甚欢喜。

出发的时候到了。天一亮，大家起来准备，声音嘈杂。

母夫人须得独自回去，无限伤心，拉住了四小姐而哭泣。正在此时，有一使者送来一只黄金制的镂空的箱子，有衣箱那么大小，束着一条美丽的绣花带子，装在一只枯叶色的熟罗制的袋里。

应接的人问那使者："是哪一位送来的？"使者答道："老夫人自然会知道的。"说过便回去了。母夫人不胜惊诧，打开一看，箱中衬着海碧色的熟罗，装着黄金制的洲渚的模型。模型上巧妙地绘着一只沉船、长着许多树木的海岛和海边的景色。检看有无文字，但见一张写着细字的白字条贴在沉船上。把字条取出来一看，但见写着：

"告别一声船去远，

　　遥窥襟袖不胜悲。

欲申惜别之情，深恐遭人非议。已矣哉，夫复何言。"

　　这分明是那白面名驹的笔迹。事出意外，使人不胜惊诧。母夫人也觉得奇怪，是谁教他做这种无聊的事情的呢？四小姐和这少辅，本来不是情投意合的夫妻，也不曾共度像普通夫妻一般的生活，所以并无何等回忆。但看了这字条，毕竟不能没有怜惜之情。

　　少将说："把这个奉赠予左大臣夫人吧。"贪得无厌的母夫人说："这东西很精美，还是我们自己要吧。"

　　四小姐想：左大臣夫人那样地照拂我们。便顺着少将说："好，奉赠予左大臣夫人吧。"少将也说："就是这样吧。"他表示赞成，便拿着这东西，说："那么，我就送去了。"

　　这件事情，愚笨的白面名驹想也不曾想到。但他的妹妹们闻到消息，想起两人之间曾经生过孩子，总是不能抛舍的，因此做这件事情。

　　到了更深时分，母夫人回去了。元帅带领一伙人于早上卯正出发，车子共十余辆。

　　朝廷再三宣旨，叫他早日赴任，因此道经山崎里时，不能从容地和故人们道别，立刻下筑紫去了。对特来送行的人，元帅都给予赠品。

许多侍女回到三条邸，纷纷谈论近日来的情形。她们说起母夫人曾经愤愤地说："这头亲事不是我做媒人的。"左大臣和夫人听到了，大笑不止。母夫人在暂时之间，为了恋念而哭丧着脸，但过了一天，也就茫然地忘怀了。

播磨守接待元帅，大摆筵席，替他接风。详情从略。

左大臣说："这样，一个人已经顺利地安排好了。还有一个人也要设法处置呢。"

照这状态欢度岁月，可喜的事层出不穷。

元帅平安地到达大宰府，派人送许多物品来奉献左大臣。

左大臣家的太郎君十四岁上庆祝加冠；小姐十三岁庆祝穿裙。祖父大臣疼爱第二个孙子二郎君，舍不得教他落后，也给他庆祝加冠。父亲左大臣笑道："这样地竞争！"

过了年，便要准备小姐入宫之事，对她的教养特别用心，又是流水一般地过了一年。

小姐于二月中入宫。仪式之隆重，不需记述，可想而知。这位小姐是个倾国倾城的美人，因此入宫后宠幸无限。尤其是相当于她的叔母的皇后，非常疼爱这姑娘，对她比对以前入宫的女御优待得多。

播磨守升任了中弁。又，卫门的丈夫三河守升任了少弁，回京城来。

卫门当了少弁夫人，生了许多子女。她常常出入于三条邸，受到郑重的待遇。

这期间，太政大臣为了身体不适，希望辞官致仕。但天皇无论如何也不许可。

太政大臣说："我身如此衰老，只为放弃朝政，于心不安，所以一直服务到今天。今年是必须谨慎的年头了，颇思闭门静养。然而既任此职，朝中紧急政事，自非参与不可，今我不言辞职，但希望左大臣晋升为太政大臣。他的才学相当可观。我这老人作为他的后援，尚能胜任呢。"他不仅自己说说，又托他的女儿皇后代为申诉。天皇说："这毫无问题。无事息灾为第一。"

于是左大臣升任了太政大臣。年未四十，而位极人臣，世人无不仰慕。

新太政大臣的女儿晋升为皇后。夫人的弟弟少将升任中将，当了中宫的副官。太郎君兵卫佐也都晋升。他由兵卫佐迁任左近卫少将。

这样一来，祖父就不肯甘休，说道："同是兵卫佐的弟太郎，为什么迟迟不升呢？"他表示不满。

新太政大臣说："这事情很为难了。我一上任，立刻提拔自己的儿子，是不可以的。"

祖父说："这是你的儿子吗？不是这样的吧。他可说是我这老翁的第五个儿子，所以外人不会非难的。这之前，你的太郎当了左近卫少将，所以现在应该任命这孩子当右近卫少将了。叔父不可居侄儿之下，对不对？"他说的是无理之理。

新太政大臣说："好好，一定遵命，看来非照办不可了。"就亲自去朝见天皇，坚决奏请，终于任命这弟太郎为右近卫少将。祖父说："这便心平气和了。如果这孩子生得早些，要把我自己的官位让给他才好呢。"宠爱到这地步，也可说是无以复加了。

且说，新太政大臣的夫人，有一个可喜的谜，便是从前的苦难。穿着单薄的裙子住在落洼的房间里的时候，做梦也决不会想到将来要当太政大臣的夫人和皇后的生母的。——还记得从前的情形的侍女们，悄悄地如此议论。此时三小姐已经当了皇后的御盒殿，即司理装束的女官。

元帅任期已满，陪着四小姐平安地回京城来。母夫人的欢喜自不必说。

母夫人眼看如此荣华富贵的景象，大概是有神佛保佑的缘故吧，并不早死，长生到了七十多岁。

太政大臣的夫人说："如此长寿，应该行些善事，以求来世幸福。"她便接受劝告，出家为尼。仪式非常盛大。

她说："奉劝世人决不可嫌恶前房的子女。前房的子女是这样可感谢的。"

继而又骂道："我想吃鱼，却教我做了尼姑。不顾惜我的肚子的人，是恶意的。"

不久她就死了。丧事概由太政大臣办理，非常体面。

卫门当了皇后的内侍。以后的事，且待继续记述。

两个儿子，即太郎和次郎两少将，以后总是双双对对地晋升官位。

祖父临终时，反复地说一句遗言："如果纪念我，须使次郎不让步于太郎。"太政大臣谨遵遗嘱，也十分重视次郎。后来两人逐步晋升为左大将、右大将。他们的生身母亲的幸福，自不必说。

元帅仰仗太政大臣的提拔，当了大纳言。

那白面的名驹患了重病，做了和尚。以后消息全无。

那典药助不知何时被人踢了一脚，病死了。

太政大臣说："典药助没有看到我们这位夫人的荣华就死去，是可惜了。为什么把他踢得那么厉害，我希望他再活几年呢。"

卫门的姨母的丈夫和泉守，当了女御邸中的家臣，万事顺利进行，因此卫门一向心甚感激。这个忠义的阿漕，现在也当了典侍。听说这典侍活到了二百岁。

ⓒ　佚名　2023

图书在版编目（CIP）数据

落洼物语 / (日) 佚名著；丰子恺译. —沈阳：
万卷出版有限责任公司，2023.1
ISBN 978-7-5470-5743-8

Ⅰ.①落… Ⅱ.①佚… ②丰… Ⅲ.①长篇小说—日
本—古代 Ⅳ.①I313.43

中国版本图书馆CIP数据核字（2021）第182593号

出　品　人：王维良
出版发行：北方联合出版传媒（集团）股份有限公司
　　　　　万卷出版有限责任公司
　　　　　（地址：沈阳市和平区十一纬路29号　邮编：110003）
印　刷　者：辽宁新华印务有限公司
经　销　者：全国新华书店
幅面尺寸：145mm×210mm
字　　　数：150千字
印　　　张：6.5
出版时间：2023年1月第1版
印刷时间：2023年1月第1次印刷
责任编辑：史　丹
封面设计：仙　境
版式设计：展　志
责任校对：张　莹
ISBN 978-7-5470-5743-8
定　　　价：39.80元
联系电话：024-23284090
传　　　真：024-23284448

常年法律顾问：王　伟　版权所有　侵权必究　举报电话：024-23284090
如有印装质量问题，请与印刷厂联系。联系电话：024-31255233